연인 이해 프로젝트

그와 그녀의 MBTI가 사랑스러운 다람쥐

작가소개

지은이 · 김소나(INFJ)

캐릭터 연구를 하며 MBTI도 함께 공부했다.

네이버 블로그에 MBTI 포스팅이 가득한 파워블로거이자 작가이다.

펴낸 책으로는 〈나의 MBTI가 궁금하단 마리몽〉

〈너의 MBT가 알고싶다 from 고슴도치〉등이 있다.

https://blog.naver.com/sonafox

그린이 · 서리(ISFP)

식물을 키우며 일상 속의 식물을 담은 그림을 그린다.

광고회사를 다니며 이러저리 치이던 중

멈춘 것 같아도 새순을 내고 자라는 식물의 모습이 인생과 닮은 것 같아서

식집사가 되었고, 그 조용한 아름다움을 그림으로 표현하고 있다.

www.instagram.com/seori_berry

연인 이해 프로젝트

그와 그녀의 MBTI가 사랑스러운 다람쥐

글 · 김소나(INFJ) | 그림 · 서리(ISFP)

작가의 말

"연애 성적표에는 정답이 없어요."

우유가 듬뿍 들어간 차가운 아이스크림 위에 뜨거운 에스프레소를 부어도 근사한 커피 음료가 된다고 누가 제일 먼저 생각했을까? 얼핏 보면 평범한 하드롤인데, 안에는 김이 모락모락 올라오는 스파게티가 들어간 빠네파스타는 어떤가? 과일에 사탕 시럽을 두껍게 씌워서 꼬치에 꿴 탕후루는 어떨까? 조합에 어떤 마술을 부리느냐에 따라 서로 다른 재료들이 멋지게 요리로 탄생할 수 있다. 연애도 마찬가지다. 여기서 '어떤 마술'이란 바로 상대를 대하는 '맞춤형 기술'이다.

'맞춤형 기술'이라고 해서 '밀당'하는 법이라든지, 마성의 비법 등 기술적인 부분을 떠올릴 필요는 없다. 도리어 연애에서 기술은 기술일 뿐, 근본적인 관계 형성에는 큰 도움이 되지 않는다. 연애에서 가장 필요한 것은 '연애의 기술'이 아니라 바로 상대에 대한 이해와 존중이다.

MBTI가 유행하면서 MBTI 궁합 표나 최고/최악의 궁합 등에 대한 설레발이 난무한다. 하지만 성급한 일반화는 잠시 멈추는 게 좋다. 절대적인 연애 법칙은 없다. 우수한 연애 성적표도 없다. '절대 반지' 같은 궁합 표는 존재하지 않는다. 연애에는 정답이 없기 때문이다. 같은 유형이라도 상황에 따라 얼마든지 선택은 달라질 수 있다. MBTI는 고정된 법칙이 아니라, 상대적인 가치를 보여주는 성격유형론일 뿐이다. 그런데도 이 책에서 말하고 싶은 것은 바로 그 '유형별 상대성'에 대한 개별적인 이해다.

각각의 유형에는 건드리면 위험한 지점이 있고, 포기할 수 없는 가치가 있다. 최소한 상대방의 행동을 오해하지는 말았으면, 이왕이면 상대가 바라는 방식으로 애정을 주었으면 하는 바람으로 글을 썼다. MBTI 유형별로 자신에게 편한 삶의 방식은 존재하기 때문이다. 어쩌면, 연인을 이해하기 위해서가 아니라, 자신의 연애 방식과 태도를 이해하기 위해서 이 책이 더 필요할 수도 있다. 자기를 따뜻한 시선으로 바라보기 위해서 말이다.

이 책은 MBTI 유형에 따른 연애 성향 설명서다. 열여섯 가지 유형의 특징, 연애할 때의 모습, 이상형, 연애할 때 주의할 점과 헤어지는 이유 등을 간략하게 정리했다.

타로점을 보는 연인의 심정으로, 귀여운 다람쥐 카드 일러스트도 넣었다. 상대방의 특징을 알고 공감하면서 자기가 구체적인 공략 포인트를 만들어가면 좋겠다. 관계가 어렵고 힘들더라도, 다 좋기만 한 관계는 없다는 생각으로 상대의 부족한 면까지 받아들일 수 있다면 좋겠다. 사람은 모두 완벽하지 않기 때문이다.

단지 관계의 중심은 어디까지나 '나 자신'이 되어야 한다. 나를 버리고, 내 성향을 뒤로 감추면서까지 연인에게 충실하다면, 자기 자신은 언젠가는 사라져 버릴 것이다. 좋아하는 상대를 얻기 위해서 온갖 기술을 발휘하기보다는 솔직하고 편안한 연애를 하는 게 더 좋다. 어느 한쪽도 몰래 감추고, 불편하고, 희생하는 연애가 되어서는 안 된다. 그런 식으로 연인을 얻는다고 해도, 남는 것은 작아진 자신과 거대하게 커진 관계뿐이다.

상대를 바꾸려는 연애도 위험하다. 바꾸려 들면 들수록 좌절감을 경험하게 될 것이다. 내가 나를 바꾸기 힘든 것처럼, 타인도 내가 강요한다고 해서 바뀌기 어렵다. 사람은 자기 자신으로 살 때 가장 힘이 난다.

가장 이상적인 연인은 내가 멋지게 변화시킨 연인이 아니라, 내가 처음에 미처 발견하지 못했던 아름다움을 알게 된 연인이다. 알면서 더 좋아지고, 나와 달라서 상대방을 더 사랑할 수 있을 때, 그 연애는 오래 살아남는다. 서로를 인정해주는 연애를 할 때, 상대방의 믿음 속에서 연인은 가장 '자신에 가깝게' 살아갈 수 있을 것이다.

최근에 좋아하게 된 문장이 있다.

두 사람이 만날 때는 둘 다 주인공이어야 한다는 것.

한 사람만 주인공인 관계는 결국 서로 불편하고 어긋난 관계가 될 수 있다는 것.

나도, 당신도, 주인공이었으면 좋겠다.

_작가 김소나와 서리

차례

♥ MBTI 연애 성향 쉽게 이해하기 ♥

MBTI 유형별로 연애 특징은 무엇일까? 먼저, 선호 지표별로 연애 특징을 간단히 알아보자.

내향(I)과 외향(E)의 차이

내향성(I)이 강한 연인은 아무리 연인이라도 함께 있을 때보다 혼자 있을 때 더 안정감을 느끼는 것 같다. 특히 몸이 아프거나, 중요한 발표를 앞두고 있거나, 깊은 고민이 있을 때는 연인과 상의하기보다 스스로 몸을 움츠리고 생각에 빠지곤 한다. 타인과 함께 있을 때 에너지가 분산되기 때문이다.

그런데 외향성(E)이 강한 연인은 같은 상황에서 연인이 자신의 옆에서 함께 고민을 나누고 짐을 덜기를 바란다. 이런 면을 이해하지 못할 때, 내향적인 연인이 하는 행동을 보고 애정이 부족하다는 오해를 할 수 있다. 자기라면 항상 상대와 함께 있어 줄 텐데, 내향적인 연인이 거리를 두는 모습에 섭섭함을 느낄 수 있다.

직관(N)과 감각(S)의 차이

관계에서 얼마나 대화가 잘 통하는지는 직관(N)과 감각(S)에 따라서 달라진다. 현실적인 유형(S)은 일상 속 경험, 과거에 했던 일, 세부적인 사항에 대해 이야기를 나눌 때 대화가 잘 통한다고 느낀다. 직관이 발달한 유형(N)은 공상의 날개를 펼치며 미래를 꿈꾸거나 무의식에 관한 이야기를 나눌 때 만족감을 느낀다. 연인 간에 직관과 감각의 차이가 크다면, 처음에는 상대에 매료되어 잊고 있다가, 오래 사귀면 사귈수록 대화가 지루하다고 느낀다. 직관과 감각은 장기적인 관계 여부를 결정하는 요인이 될 수 있다.

감정(F)과 사고(T)의 차이

감정(F)과 사고(T)는 연인 간에 오해를 불러일으키는 대표적 요소다. '우울해서 머리를 잘랐다'라는 연인의 말에 감정형 연인은 '우울'에 가슴 아파하는데, 사고형 연인은 '머리를 잘랐다'는 변화에 관심을 가진다.

실수를 했을 때, 감정형에는 '미안하다'는 말이 큰 위로가 되지만, 사고형에는 문제 해결 방법을 제시하는 편이 더 큰 위로가 된다. 미안하다는 말만 반복한다고 만족하지 않는다. 사고형은 연인에게 직설적으로 하고 싶은 말을 다 하는데, 감정형 연인은 쉽게 상처받는다. 이럴 때는 단지 '내가 말이 심했지?

미안해.'라는 말 한마디로 감정형의 축 처진 꼬리를 다시 올릴 수 있다. 감정형에 중요한 건 '해결'이 아니라 '상대가 나를 신경 써준다는 마음'이다.

인식(P)과 판단(J)의 차이

인식형(P)과 판단형(J) 연인이 여행을 떠난다면, 인식형은 가고 싶은 곳 몇 곳만 정하면 끝이다. 판단형은 교통편이나 숙소, 맛집까지 검색하고 일정표를 자세하게 짜는 편이다. 인식형은 여행을 떠나서도 거침없이 일정을 바꾼다.

데이트 약속을 잡을 때, 인식형은 당일 만나기 몇 시간 전 시간 약속을 정해도 괜찮다고 여기지만, 판단형은 며칠 전부터 미리 식당 예약까지 잡고 싶어한다.

서프라이즈를 좋아하는 인식형이 큰 비용을 들여 파티를 준비했을 때, 판단형은 당혹스러워하거나, 불편함을 느끼는 경우가 많다. 계획적이고 뭐든 미리 준비하는 판단형은 계획에 없는 일이 생길 때 당황한다. 판단형의 이런 모습에 인식형이 섭섭함을 느낄 수 있다.

데이트 자금을 쓸 때도 판단형은 계획적으로 정해진 금액을 알뜰하게 지출하려고 하는데, 인식형은 마음 내키는 대로 소비하는 경우가 많다.

MBTI 기질별 장단점은?

기질별로 보면 장단점이 더 명확하게 보인다.

기질	장점		단점
SJ	SJ 기질(현실+판단형)의 장점은 부지런함, 계획성과 책임감이다.	➡	고집스러워지거나, 휴식과 놀이를 즐기지 못하거나, 희생만 한다.
SP	SP 기질(현실+인식형)의 장점은 자유분방하게 인생을 즐기고 재미있는 사람이라는 점이다.	➡	충동적으로 유흥을 즐기고, 미래를 생각하지 않는다. 가벼운 연애만 반복하기도 한다.
NF	NF 기질(직관+감정형)의 장점은 로맨틱하고 다정다감하며 이상적인 관계에 대한 소망이 크다는 점이다.	➡	현실을 자각하지 못하고 연애에만 올인하거나, 호구의 연애를 할 수도 있다.
NP	NT 기질(직관+사고형)의 장점은 합리적이고 지적이라는 점이다.	➡	연인의 감정을 섬세하게 느끼지 못한다.

장단점은 어쩌면 동전의 양면이다. 장점을 잘 들여다보면 단점이 보인다. 어떤 점이 좋아서 사귀게 되었는데, 결국 그 장점이 발목을 붙잡을 수 있다. 냉정해서 섭섭했는데, 냉정해서 내게만 사랑을 주는 연인이 될 수도 있다. 현실적이라서 이야기가 안 통한다고 생각했는데, 살아보니 그 현실성이 나를 지켜줄 수도 있다. 결국 만인의 연인도 없고, 완벽한 연인도 없다. 내가 잘 이해할 수 있는 연인이 있을 뿐이다. 내가 상대의 장단점을 어떻게 바라보고 해석하는가에 따라 케미는 달라진다.

MBTI 유형별 연애, LIKE & HATE

- 🙂 ISTJ 책임감-약속을 지키고 신뢰를 저버리지 않는 사람
- ☹ ISTJ 약속을 잘 안 지키는 사람, 허세가 심한 사람
- 🙂 ISFJ 안정감과 신뢰-평생을 함께하고 싶은 사람
- ☹ ISFJ 매너 없는 사람, 헌신을 당연하게 여기는 사람,
- 🙂 ESTJ 독립심-자기 일을 열심히 하는 사람
- ☹ ESTJ 보채고 매달리는 사람, 게으른 사람
- 🙂 ESFJ 칭찬과 따뜻한 말-헌신과 노력에 감사하는 모습, 적절한 기브 앤 테이크.
- ☹ ESFJ 애정이나 감사를 말로 표현하지 않는 사람, 사회적 관습을 지키지 않는 사람.

- 🙂 ISTP 균형과 편안함-서로 구속하지 않는 관계
- ☹ ISTP 감정적 하소연을 하거나, 간섭이 심한 사람, 매일 만나려는 사람, 피곤한 사람
- 🙂 ISFP 배려-강요하거나 간섭하지 않는 관계. 사생활을 침해하지 않는 사람.
- ☹ ISFP 지나친 연락, 타인을 무시하는 사람, 선 넘는 조언이나 충고, 간섭하는 사람
- 🙂 ESTP 재미- 함께 있으면 즐거운 관계, 대담한 연인, 외적인 매력
- ☹ ESTP 간섭하고 조르는 사람, 속박
- 🙂 ESFP 설렘-두근거리는 연애, 열정적인 연애, 자연스러운 만남
- ☹ ESFP 개인적 스케줄을 관리하려고 드는 사람, 계산적인 연애, 부담스러운 대시.

- 🙂 INFJ 소울메이트-영혼의 짝, 딥한 이야기를 나눌 수 있는 자기 성찰적 연애
- ☹ INFJ 가볍게 접근하는 사람, 비도덕적인 사람
- 🙂 INFP 뮤즈-영적으로 자극하는 연애
- ☹ INFP 감수성을 이해하지 못하는 사람. 진실하지 않은 사람.
- 🙂 ENFJ 존경과 지지-정신적인 구원자
- ☹ ENFJ 비난하는 사람
- 🙂 ENFP 열정- 삶의 가치를 열정적으로 공유하고 확장하는 연애
- ☹ ENFP 겉 다르고 속 다른 사람

- 🙂 INTJ 개인 시간-자주적인 연인
- ☹ INTJ 의존도가 높은 사람
- 🙂 INTP 지적인 대화-지적 호기심을 나눌 수 있는 연애
- ☹ INTP 사교적 친목에만 집중하는 사람
- 🙂 ENTJ 비전-각자 더 나은 단계로 발전할 수 있는 연애.
- ☹ ENTJ 게으르고 생각 없이 사는 사람
- 🙂 ENTP 탁월함-함께 세상을 탐험할 수 있는 호기심, 단짝으로서의 연애
- ☹ ENTP 잔소리가 많은 사람

MBTI 유형별 BEST LOVER & WORST LOVER

♥ ISTJ 마음을 준 연인에게는 다정하고 신뢰를 주며 책임감을 발휘한다. 일편단심.
♥ **ISTJ** 칭찬하기보다는 지적하거나 비판한다. 타협이 어렵다.

♥ ISFJ 나에게 다 맞춰주는 연인. 부족함을 느낄 수 없다. 수호천사형.
♥ **ISFJ** 자기 욕망보다, 가족이나 사회가 바라는 이상형을 따지고, 말없이 평가한다.

♥ ESTJ 솔직하다. 연인을 보호하는 듬직한 기사형.
♥ **ESTJ** 자기주장이 강하고 연인을 휘두르려는 면, 일방적으로 지시를 내리려고 한다.

♥ ESFJ 다정하고, 센스 있게 연인을 보살핀다. 집사형.
♥ **ESFJ** 은근히 보수적이고 관습적이다. 사회적인 이목을 신경 써서 우유부단한 모습.

♥ ISTP 표현이 없어도 진심으로 연인을 챙기는 츤데레. 말보다 행동으로 보여준다.
♥ **ISTP** 혼자만의 시간을 즐긴다. 감정적 소통이 어렵다.

♥ ISFP 배려심 많고 다정다감한 연인. 느긋한 면이 있어서 연인을 구속하지 않는다.
♥ **ISFP** 머뭇머뭇 사랑에 빠지지 않다가 사귀게 된 후에도 (갈등이 생기면) 잠적한다.

♥ ESTP 재미있으며, 갈등 상황에서도 능수능란한 마성의 연인. 집착하지 않는 연인.
♥ **ESTP** 연애 모험주의자. 때로는 냉혹할 정도의 현실주의자다.

♥ ESFP 멋지고 유쾌하고 재미있으면서도 공감력이 높은 연인.
♥ **ESFP** 변화무쌍하고 매력이 넘치는 사람이라서 주변에 이성이 많다.

♥ INFJ 연인보다 연인을 더 잘 이해한다. 충실함, 공감력, 이해심을 보여준다.
♥ **INFJ** 회피형 개인주의자. 플라토닉 러브에 빠진다.

♥ INFP 로미오와 줄리엣, 동화 속 공주와 왕자의 정석 로맨스.
♥ **INFP** 상상 속 로맨틱한 연애에 빠져 산다.

♥ ENFJ 진심 어린 칭찬과 격려로 연인의 정신적인 지주가 된다.
♥ **ENFJ** 거절하지 못해서 우유부단해진다. 삼각관계에 빠질 때 무능력해진다.

♥ ENFP 플러팅과 칭찬으로 가득한 귀여운 연인. 연애 사랑꾼.
♥ **ENFP** 금기의 사랑을 한다. 금지된 관계 등, 위험한 사랑에 열려 있다.

♥ INTJ 간섭하지 않는 성숙하고 쿨한 연애. 알고 보면 일편단심형.
♥ **INTJ** 무정함, 냉철함.

♥ INTP 애정 표현이 서툴더라도 진심으로 상대를 대하는 유형.
♥ **INTP** 스킨십 곤란, 감정적 불통.

♥ ENTJ 성장시키는 연인. 맞춤형 노력의 대가.
♥ **ENTJ** 연애 컨트롤러.

♥ ENTP 유쾌하면서 속 깊은 연인. 합리적이다.
♥ **ENTP** 마이웨이. 섬세함이 부족하다.

♥ MBTI 기질별 연애는 어떻게 다를까? ♥

SJ 기질 – 집사 연인

- 고양이 집사처럼, 연인을 세심하게 돌보고 필요한 것을 조달한다.
- 조력자, 보호자, 관리자, 후원자, 양육자로서의 연인
- 관리자의 능력이 탁월하다.
- 낭만보다 현실을 택한다.
- 잘 정돈되고 따뜻한 가정을 꾸린다. '홈 스위트 홈'이 목표다.
- 기념일, 가족 모임, 전통, 위계질서, 사회적인 품위를 지키려고 한다.
- 배우자에게 물질적인 안락감과 경제적 풍요로움을 선사해준다.
- 질서정연한 삶 가운데서 안정감을 느낀다.
- 사회적 매너나 관습, 예의범절을 잘 지킨다.
- 보증 수표 같은 연인. 믿음직스럽다.
- 실용적인 선물을 좋아한다.
- 불안한 상황을 두려워하기 때문에, 재산 축적에 관심이 많다.
- 미래에 대해서는 기본적으로 비관주의자에 가깝다.
- 불건전한 상태에서 억울한 감정이 솟아오르고,
  불평불만과 잔소리가 많아지며, 연인을 통제하거나 과보호하기도 한다.
- 삶이 만족스럽지 않을 때 몸이 아파진다. 스트레스가 쌓이면 드러눕는다.

♥ 듣고 싶어 하는 말, "고마워."
♥ 키 포인트: 안정, 관리, 책임

SJ 기질은
연인을 챙기고 보살피지 않아도,
아무것도 하지 않아도,
사랑받을 수 있다는 사실을
깨달을 필요가 있다.

SP 기질- 욜로 연인

- 함께 신나는 시간을 보내는 연애가 최고. 욜로(YOLO) 연애.
- 연인에게 너그럽고, 뭘 강요하려는 생각이 없다.
- 서로에게 구속되는 관계를 부담스럽다고 생각한다.
- 모든 기질 중에서 가장 관능적이고, 육체적인 매력을 어필한다. 쾌락주의자.
- 최신 유행, 명품, 멋진 패션, 여행, 모임, 핫플레이스, 사치스러운 소지품.
- 가정을 꾸려도 자신만의 취미 생활을 하고, 친구들과 잘 어울린다.
- 연애할 때 서정적인 데이트보다 격정적인 체험을 더 좋아한다. 체험형 데이트를 즐긴다.
- 데이트할 때 익스트림 스포츠를 즐기기도 한다. 공연을 보거나 예술적인 작품을 관람하는 것도 좋아한다.
- (뜻밖의) '서프라이즈'를 즐긴다.
- SJ가 재산 축적에 관심이 있다면, SP는 돈을 쓰는 데 관심이 많다. 가끔 충동적으로 낭비하다가 지갑이 텅 빈다.
- 울타리를 뛰쳐나온 망아지 같은 연인
- 위계질서를 싫어하는 평등주의자.
- 멋지고 감각적인 선물을 좋아한다.
- 불건전한 상태에서 무책임해지고, 타인을 속이기도 한다.
- 삶이 만족스럽지 않을 때 기존 관계를 뛰쳐나간다.
- 스트레스가 많이 쌓이면 투쟁한다. 다 뒤엎어 버린다.

♥ 듣고 싶어 하는 말, "넌 최고야, 너랑 있으면 정말 재미있어."
♥ 키 포인트: 자유, 몰입, 충동

NF 기질 – 낭만적 연인

- 영혼의 단짝을 원한다. 외모보다 대화가 잘 통하는 사람에게 끌린다.
- 진정한 관계를 추구하는데, 그게 쉽지 않다. 그래서 가끔 사랑하는 사람과 함께 있어도 외롭다.
- 아무에게도 이해받지 못하는 것 같아서 갑자기 슬픔을 느끼기도 한다.
- 비싼 선물, 명품 등에 현혹되지 않는다. 마음을 담은 선물과 글에 더 끌린다.
- 데이트할 때도 분위기가 중요하다.
- 개성이나 독특함을 중요하게 생각하기 때문에, 독립 서점이나 빈티지 공간, 예술적인 영화 등 문화 체험을 하거나, 취향을 반영한 선물을 주면 기뻐한다.
- 로맨틱한 애정 표현과 진심 어린 칭찬, 플러팅의 귀재. 특히 외향형 NF는 진정한 사랑꾼이다.
- 정서적이거나 문화, 심리학, 철학에 대한 대화를 즐긴다.
- 사랑을 위해 목숨을 바칠 수도 있는 연애 지상주의자.
- SJ가 재산 축적에 관심이 있고, SP가 소비에 관심이 있다면, NF는 도리어 돈을 지나치게 추구하는 일을 부끄럽게 생각한다.
- SJ가 보호자라면 NF는 정신적 지주에 가깝다.
- 불건전한 상태에서 순교자, 영웅, 예언가 등의 역할을 자처한다.
- 삶이 만족스럽지 않을 때 현실 도피적 성향을 보이면서 은둔자처럼 굴 수 있다.
- 극도의 스트레스 상태에서 수치감을 느낄 때 극단적 선택을 할 수 있다.
- 배신이나 변심에 가장 상처를 많이 받는다.

♥ 듣고 싶어 하는 말, "널 소중하게 생각해."
♥ 키 포인트: 이상, 가치, 본질

NT 기질 - 연구실 동료 같은 연인

- 아이디어가 좋거나, 지식이 많고, 딥한 대화를 나눌 수 있는 상대에게 끌린다.
- 개인주의적이다.
- 잡담이나 수다를 따분하다고 생각한다.
- 다른 기질에 비해 연애에 무심한 편이다.
- 최신 유행을 따르거나, 멋을 부리지 않는 편이다. 중요하게 생각하지 않는다.
- 일상적인 삶은 소박하다. 많은 물질을 필요로 하지 않는다. 좋아하는 것만 수집한다.
- 육체적인 열정은 2차로 미뤄 둔다. 때로 관능성만 추구하는 사람을 하찮게 여기기도 한다.
- NT 기질 연인은 지적 동반자로 대우해줘야 한다.
- 선물에 연연하지 않는다. 도리어 과한 선물을 부담스럽게 여긴다. 굳이 선물한다면 취미와 관련된 선물이 좋다.
- SJ가 뭔가를 계속 쌓고 싶어 하고, SP가 계속 소비하고 싶어 하고, NF가 사람에게 관심이 많다면, NT는 이론이나 원리에 관심이 많다.
- NF가 삶의 의미를 추구한다면, NT는 삶의 의미보다는 삶이 돌아가는 방식을 탐구하고 싶어 한다. 예를 들어, NF가 "AI는 감정이 있나"라고 사색에 잠길 때, NT는 "AI에게 어떻게 감정을 넣을 수 있나?"를 고민한다.
- NF가 본질적으로 연인의 깊은 속내를 알고 싶어 하는 것과는 달리, NT는 자신의 감정조차도 잘 모를 때가 있다.
- 불건전한 상태에서 연인의 감정을 전혀 배려하지 않고 논리로만 따질 수 있다. 무능해 보이는 사람을 무시하기도 한다.
- 삶이 만족스럽지 않을 때 자신의 부족한 능력을 남에게 보여주지 않으려고 회피성 행동을 할 수 있다. (사회적 관계망이나 인간관계 축소)
- 극도의 스트레스 상태에서 남의 얘기를 들으려고 하지 않고 말꼬리를 잡는다.

♥ 듣고 싶어 하는 말, "넌 능력자야."
♥ 키 포인트: 능력, 실력, 브레인

NT 기질은 지적인 사람 아니어도, 능력이 없어도, 사랑받을 수 있다는 사실을 깨달을 필요가 있다.

ISTJ

✿ 차갑게 우려낸 콜드브루 연인 ✿

ISTJ_잇티제

콜드브루는 순식간에 추출한 일반 원두커피에 비해서 3~12시간 이상 천천히 추출하기 때문에 맛이 깔끔하다. 신맛과 쓴맛이 덜하다. 게다가 커피 추출 후 시간이 지나더라도 맛이 쉽게 변하지 않는다.

여기에서 포인트는 남다른 방식으로 우려냈다는 것보다는 '오래', '차갑게', '변하지 않는 맛'이라는 단어에서 오는 느낌이다. 왜냐하면 ISTJ의 연애가 그러니까.

ISTJ 유형이 뜨겁게 사랑에 빠지거나 한눈에 반하는 일은 별로 없다. 냉철한 시선으로 상대방을 오래도록 관찰하고 연애하는 내내 비판적인 시선을 거두지 않는다. 몇 시간 동안 커피 한 방울씩 받아내서 커피 한 잔을 만들어내듯이, 이들은 사랑에 공과 시간을 들인다. 오랫동안 차갑게 우려내서 마시는 콜드브루처럼, 그 사랑의 결과물은 쓰지도 않고, 신맛도 적다.

누군가에게 호감이 생기더라도 ISTJ는 쉽게 자기감정을 믿으려 하지 않는다. "내가 사랑에 빠졌을 리 없어!"

이건 사랑에 빠진 ISTJ가 할 법한 말이다. 마치 '입덕 부정기'를 겪는 팬처럼 행동한다. 왜냐하면 이들은 매우 이성적인 사람이기 때문이다. 모든 일에는 이유가 있는 법인데, 논리적인 원인 없이 갑자기 누군가를 좋아하게 된다는 사실을 납득하기 어려워한다. 좋아하는 사람 앞에서 더 냉정하게 행동하기도 하고, 그러면서 뚝딱거리다가 안 하던 실수를 남발하기도 한다.

거꾸로 자신을 짝사랑하는 사람이 있다고 해도, 쉽게 흔들리지 않는다. 플러팅을 남발하거나, 칭찬하거나, 갑자기 선물을 하면 도리어 상대를 의심스러운 눈으로 쳐다본다. 상대가 마음에 들지 않는다면 (예의를 갖춘 채) 단호하게 거절하기도 한다.

이들은 맞선이나 소개팅보다는 자연스러운 만남을 추구한다. '자연스러운'이라는 말의 경계는 '천천히'라는 말과도 닿아 있다. 이들은 상대가 신뢰할 만한 사람이고, 상대의 마음이 가볍지 않다는 사실을 납득한 후에야 마음을 연다. 혼자서 보내는 시간도 아주 만족스럽기 때문에, 타인 때문에 일상의 평화를 깨지는 것은 원하지 않는다.

물론 ISTJ가 항상 상대를 관찰하면서 서류 심사하듯이 디테일을 살피는 것만은 아니다. 누군가에게 단숨에 반하는 경우도 있다. 그럴 때는 24시간 그 사람만 생각한다. 허공에 상대방의 얼굴이 떠다니기도 하고, 공부나 업무에서 오작동을 일으킬 수도 있다. ISTJ 유형은 감정이 부족한 사람들은 아니다. 자신의 감정을 늦게 자각하고, 적절한 감정 표현에 서툴 뿐이다.

또 이들은 실용적이고 현실적인 연인이다. 빈말이나 칭찬을 잘하지 못한다. 안타깝지만 타인의 장점보다 단점을 기가 막히게 찾아내는 능력도 있다. 애정을 고백이나 플러팅으로 표현하기보다는, 꼭 필요한 실제적 도움을 주려고 한다.

연인이 질문하면 가장 완벽하고 자세한 답을 찾기 위해 몇 시간이고 인터넷과 책을 뒤진다(만약 관심 없는 사람이 질문했다면 "네가 알아서 찾아봐"라고 할 가능성이 높다). 가보고 싶은 곳이 있다고 얘기하면 하루 데이트 일정을 꼼꼼하게 짜서 가장 완벽하게 즐길 수 있도록 플랜을 준비한다. 연인이 받고 싶은 선물이 절판된 책이라면, 외국 사이트를 뒤져서라도 중고 책을 구해온다. 그런데도 어찌 보면 단순한 그 한마디, "사랑해"라는 말은 쉽게 건네지 못한다. ISTJ 유형이 자연스러운 연애를 하기까지 넘어야 할 산이 높다.

썸 단계에서는 상대방을 꾸준히 관찰하며, 상대방의 인품부터 지적인 능력, 현명함, 생활력까지 자연스럽게 살핀다. 합격점을 주더라도, 사귀는 동안 무례한 모습을 보이거나, 상식적으로 받아들이기 힘든 행동을 하면, 관계 진전을 망설인다.

하지만 어느덧 사랑의 폭풍에 휘말리기 시작하면 ISTJ 유형도 예외가 없다. 둘만의 시간을 갖고 싶어서, 티 나지 않게 썸 상대와 마주치도록 머리를 짜낸다.

연락을 귀찮아 하고, 좀처럼 먼저 연락을 하지 않는 ISTJ가 자꾸 연락해서 밥이라도 먹자고 한다면, 정말 상대방이 좋은 것이고, 이미 상대를 잡기 위한 그물 플랜을 거미줄처럼 짜고 있을 수도 있다. 갑자기 ISTJ와 길을 가다가 마주친다면? 이미 상대방의 이동 경로까지 조사해서 미리 정보를 갖춘 후 움직였을 가능성도 있다. 왜냐하면 이 유형은 뭐든 완벽하게 미리 준비하는 유형이기 때문이다.

이 모든 과정을 통과하고, '찐 연애'를 하게 되면 ISTJ 유형에게 어떤 일이 벌어질까?

오래 우려낸 콜드브루처럼, 이들은 관계를 음미하는 단계에 들어선다. 연애의 향기와 맛을 연인과 함께 나누려고 한다. 그 맛은 한결같고, 은은하다.

이 유형의 사랑은 경계선을 넘기 전과 후가 매우 다르다. 상대를 신뢰하게 된 ISTJ 유형은 일편단심 면모를 보여준다. 연인이 있는 ISTJ의 세계에 다른 이성이 들어갈 틈은 없다. 이들은 변치 않고 한 사람만 줄곧 쳐다보는 유형이다. 결혼한 후에도 책임감 있는 배우자가 되고 가정에 충실하다.

ISTJ 유형이 인생에서 가장 바라는 요건은 '안정감'이다. 누군가를 사랑한다면, 당연히 결혼까지 염두한다.

이 유형은 매우 실용적이고 현실적이므로, 선물을 할 때도 평소에 필요한 물건 위주로 선물하면 좋다. 허무맹랑한 말에 정색할 수 있으므로, 지나치게 뜬구름 같은 소재의 이야기는 자제한다.

ISTJ 유형은 상대방을 세심하게 돌보고 지원하면서 행복감을 느끼는 유형이다. 이 유형이 많은 준비를 하고 노력할 때 기분이 좋다고 말해주자. ISTJ 유형이 잘하는 분야에 대해서 능력과 관련된 칭찬을 해주는 것도 좋다. 이들은 인정받을 때 보람을 느끼기 때문이다.

다른 유형과 관계를 비교하면서 이 유형의 연애 스타일을 좀 더 자세히 알아보자.

NT 기질과 ISTJ 유형

ISTJ는 물건이나 금전의 가치를 소중하게 생각한다. 로맨틱한 말이나 꽃 등에 연연하지 않는다. NT 기질도 빈말이나 형식적인 선물을 싫어하는 편이라서, 실용적인 연애가 통한다. 단지 NT 기질은 상상력 속에 사는 경우가 많아서, 현실적인 ISTJ가 이해하기 어려울 수도 있다.

INTJ ♥ ISTJ

ISTJ와 INTJ 연인의 경우, 둘 다 낯가림이 심해서 연애를 시작하기가 쉽지 않다. ISTJ는 자신만의 루틴대로 평화롭고 안정적으로 살고 싶어 하는 마음이 강해서 아무리 사랑하는 사람이라도 자기 삶을 헝클어뜨리면 불안감을 느낄 수 있다. INTJ도 개인주의자적인 성향이 강하다. 이 점이 잘 맞는다면 서로의 시간을 인정하며 연애할 수 있다. 또 능력 있는 사람을 좋아하는 ISTJ는 두뇌파 INTJ 연인을 보며 멋지다고 느낀다. 그런데 INTJ가 은근 허당이라 실생활에서 구멍이 많다. 그 구멍을 꼼꼼한 ISTJ가 채워줄 수 있다.

INTP ♥ ISTJ

ISTJ와 INTP는 서로의 논리적인 면을 긍정적으로 본다. 둘 다 간결한 감정 표현을 하고, 의미 없는 대화를 싫어한다. 다만 INTP는 덜렁대는 면이 많아서 ISTJ가 잔소리가 늘어날 수 있고, 잔소리가 잦아지면 INTP 연인이 불편함을 느낀다. 오래도록 연애하려면 ISTJ는 연인의 자유분방한 사고와 행동을 너그럽게 바라볼 필요가 있다.

ENTP ♥ ISTJ

ISTJ와 ENTP의 경우, 연애 초기에는 ENTP가 ISTJ를 이끄는 관계인데, 관계가 진행될수록 ISTJ의 입김이 커진다. ISTJ는 관계가 깊어질수록 연인을 더 챙겨주는 유형인데, ENTP는 세심한 관심을 귀찮아 해서 피하려고 하는 경우가 많기 때문이다. 형식이나 틀을 싫어하고 독창적, 즉흥적으로 데이트 일정을 결정하는 ENTP의 모습에 ISTJ가 혼란을 느낄 위험도 있다. ENTP는 직감과 상상력이 뛰어나고, ISTJ는 꼼꼼한 관찰력이 뛰어난 유형이다. 각자의 특성을 인정한다면 서로를 보조해주는 짝이 될 수도 있다.

ENTJ ♥ ISTJ

ENTJ와 ISTJ는 책임감과 완벽주의적인 면이 잘 맞아서 편한 관계다. ENTJ가 외향적이라서 연인이 되기까지 과정도 순탄하다. 그러나 둘 다 일에 집중하다가 데이트할 타이밍을 놓칠 수 있으니 정기적으로 데이트할 시간을 만들도록 한다. 이들은 사귀면서 더 많은 것들을 서로 배워가는 관계다.

NF 기질과 ISTJ 유형

ISTJ 유형은 NF 기질과 갈등이 많을 수 있다. NF의 감정적인 섬세함을 ISTJ가 채워주기 어렵고, ISTJ의 직설적인 면을 NF 기질이 감당하기 어려워한다. NF 기질의 상상력과 직관을 ISTJ가 이해하기 힘들어하기도 한다.

INFJ ♥ ISTJ

ISTJ와 INFJ는 친해지기 어렵지만, 서로에게 믿음을 가지게 된다면 순탄한 연애를 할 수 있다. 언행일치를 중요하게 생각하는 점, 완벽주의자적인 면, 지혜롭고 싶어 하는 면도 비슷하다. 단지 INFJ는 개인적인 자아 성취를 중요하게 생각하는 유형이므로, ISTJ가 INFJ의 그런 내적 열망을 이해하려는 노력이 필요하다.

INFP ♥ ISTJ

ISTJ와 INFP는 관심을 가지는 부분이 다르다. 생각이 지나칠 정도로 많고 깊은 INFP와 단순하게 의사결정 하는 ISTJ는 대화의 결조차 다를 수 있다. 생활 방식도 매우 다른데, ISTJ는 루틴대로 살아가는 게 가장 편하고, INFP는 음유시인처럼 느긋하게 사는 게 가장 편하다. ISTJ는 빈말이나 칭찬을 잘하지 못하는 편인데, INFP에는 더 많은 칭찬과 격려가 필요하다. 다행인 점은 서로의 정서적 영역이 완전히 달라서 상대방을 통해서 자신에게 부족한 점을 보완할 수 있다는 점이다. 연애하면서 ISTJ는 더 정서적인 연인이 되어 가고, INFP는 더 명확한 의사 표현을 하는 연인이 된다.

ENFJ ♥ ISTJ

ISTJ와 ENFJ의 경우, ISTJ가 사랑꾼 ENFJ의 다정한 애정 공세에 불편함을 느낄 수 있다. 쑥스러워하거나 정색하는 ISTJ를 보면서 ENFJ는 귀엽다고 생각하기도 한다. ISTJ의 경계선 안쪽에 정착한다면, 두 연인은 서로를 말과 행동으로 잘 챙겨주는 연인 사이가 될 것이다.

ENFP ♥ ISTJ

ISTJ와 ENFP는 불과 물의 만남 같아서, ENFP의 성급함과 충동성에 ISTJ가 불안감을 느끼고, ISTJ의 고집에 ENFP가 불편함을 느끼는 관계다. 싸우다가 정이 들기도 하니 ISTJ는 자기의 틀을 고집하지 않도록 노력하고, ENFP도 변화의 속도를 조금만 늦춘다.

SP 기질과 ISTJ 유형

ISTJ는 SP의 유쾌하면서도 단순한 모습에 매력을 느낀다. 하지만 SP 기질의 충동성과 자유로움이 방종함으로 보일 때 마음을 돌린다. ISTJ는 상식적이며 서로 예의를 갖추는 조용한 상황에서 편안함과 안정감을 느끼기 때문이다.

ISTP ♥ ISTJ

ISTP와 ISTJ는 둘 다 해결 지향적이고, 실용적이다. 현실적인 소재로 대화를 나누면서 티키타카를 이어가기도 한다. 감각을 만족시키는 데이트를 할 수 있다. ISTP가 덤벙거리며 잊어버리는 것들을 ISTJ가 챙겨주고, ISTJ가 과감하게 행동하지 못할 때 ISTP가 나선다.

ISFP ♥ ISTJ

ISTJ와 ISFP는 둘 다 현실적인 즐거움을 누리기 좋아해서 같이 맛집을 다니고, 힐링하며 둘만의 시간을 보낸다. 떠들썩하게 다른 사람들과 함께 어울리지 않고 1:1의 관계를 유지하면서 조용하게 연인 관계를 이어간다. 여기서 가장 중요한 점은 ISTJ가 ISFP의 의견을 얼마나 자연스럽게 수용하는가다. ISFP는 가능하면 연인의 욕구에 맞춰주려는 성향이 있고 자기 의견을 강하게 어필하지 않는 편이다. 그러나 ISTJ는 즉답을 좋아하는 편이라 답을 미루는 ISFP에게 잔소리할 수 있다.

ESTP ♥ ISTJ

ISTJ와 ESTP는 성실한 사람과 재미있는 사람의 조합이다. ISTJ는 ESTP의 즉흥적인 면이 거슬릴 법도 한데, ESTP가 워낙 인간관계를 융통성 있게 잘 풀어가고, 설득력이 뛰어난 유형이다 보니, 자연스럽게 스며든다. ESTP와 보내는 시간은 ISTJ에 역동적이고 흥미진진하다.

ESFP ♥ ISTJ

ISTJ와 ESFP도 잘 맞는 짝이다. 둘 다 현실적인 점만 같고 다른 요소가 반대다. S가 일치해서 대화가 잘 통하고, 자신에게 없는 점을 가진 상대방에게 매력을 느끼게 된다.

SJ 기질과 ISTJ 유형

SJ끼리는 같은 가치관을 공유하면서 완전한 연애와 결혼을 위해 좋은 관계를 이어간다.

ISTJ ♥ ISTJ

ISTJ끼리의 연애는 꾸준하고 기복이 없다. 서로에게 드라마틱한 제안을 하지도 않겠지만, 각자의 시간을 혼자서 보낼 때도 서로에게 불만이 없다. 결혼하면 둘 다 가정에 충실하고 모범적인 가족의 모습을 보여줄 것이다.

ISFJ ♥ ISTJ

ISTJ와 ISFJ는 주도하는 사람과 잘 맞춰주는 사람의 조합이다. ISTJ가 데이트나 관계의 진전을 이끌어가고, ISFJ는 보조해준다. 또 ISFJ와 연애하다 보면 ISTJ도 감정 표현을 더 잘하게 된다. 케미가 잘 맞는 짝이다.

ESTJ ♥ ISTJ

ISTJ와 ESTJ는 둘 다 일 능력자고, 정에 얽매이지 않는 쿨한 면이 있다. 서로를 챙겨주고 격려하면서 각자의 발전을 독려하는 관계다. 연인이라기보다는 파트너에 가깝다. 다만 저돌적인 ESTJ의 에너지를 따르다가 ISTJ가 방전될 위험이 있다.

ESFJ ♥ ISTJ

ISTJ와 ESFJ는 서로 달라 보이지만, 행복한 가정을 이루고 싶어 하는 마음도 비슷하고, 성실하며 올곧은 면도 비슷해서, 한번 사귀면 오래도록 좋은 관계를 유지할 수 있다. ESFJ 유형은 SJ 기질 중에서 가장 감정적인 유형이다. ISTJ가 ESFJ의 감정을 잘 보듬어주는 말과 행동을 보이도록 노력한다.

#ISTJ_유형_연애는? ♥

1. 연애는 어려워, 연애는 답이 없으니까.
2. 혼자서도 아주 행복한데…….
3. 결혼까지 염두에 둔 장기적인 연애.

♥ ISTJ 유형과 연애 궁금증① ♥

"ISTJ가 남들 앞에서는 스킨십을 잘 안 하려고 해요. 마음이 변한 건가요?"

ISTJ는 감정 표현을 어려워하는 경향이 있다. 100%를 느끼더라도 입에서 나오는 표현은 단 10%도 넘지 못하는 경우가 태반이다. 더구나 이들의 가장 큰 특징 중 하나가 '다른 사람들 눈에 띄고 싶지 않다'는 개인주의적인 면이다. 여러 사람 앞에서와 연인과 단둘이 있을 때 태도가 다른 경우가 많다. 타인 앞에서는 스킨십도 자제한다. 남들 앞에서 다정하고 친밀한 애정 표현을 안 한다고 해서 애정이 줄어든 것은 아니니 안심해도 된다.

♥ ISTJ 유형과 연애 궁금증② ♥

"ISTJ와 연애하면서 주의해야 할 점이 있나요?"

개인주의적인 유형이라서 자기 루틴대로 살고 싶어 한다. 연애하더라도 개인적인 시간을 침해 받는다면 견디기 힘들어한다. 이들의 루틴을 흐트러트리지 않도록 주의한다.

데이트를 잡거나 약속할 때도 미리 시간 약속을 잡는 게 좋다. 일정에 없는 일이 생기거나, 정해진 일에 갑자기 변동이 생기면 당황하기 때문이다. 가급적 당일 취소나 변동은 하지 않도록 한다. 이들은 일정대로 일이 진행될 때 안정감을 느낀다. 매번 데이트 때마다 5분, 10분씩 늦는 연인을 보고 성의가 없다고 생각한다.

♥ ISTJ 유형과 연애 궁금증③ ♥

"ISTJ가 마음이 떠나는 이유가 뭔가요?"

ISTJ는 작은 일이라도 성실하게 하나하나 순서대로 성취해가면서 보람은 느끼는 유형이라서, 뭐든 한 번에 해결하려는 사람이나, 게으른 사람, 허세만 있는 사람을 용납하기 어려워한다. 싫어하는 사람은 집착하는 사람, 자꾸 혼자만의 시간을 (예고 없이) 방해하는 사람, 상식이 없는 사람, 예의 없고 무례한 사람, 시끄럽고 말 많은 사람, 공중도덕을 잘 안 지키는 사람 등이다.

이들은 맺고 끊는 게 확실해서, 사랑이 끝나간다고 생각하면 도망치지 않고 상대에게 자신의 마음을 밝힌다. 자신의 마음이 변했다면 어떤 이유로 헤어지고 싶은지도 말해준다. 즉흥적으로 헤어지는 결정을 하는 일은 별로 없기 때문에, 아마도 헤어질 결심을 했다면 그동안 많이 고민했을 것이다.

ISFJ

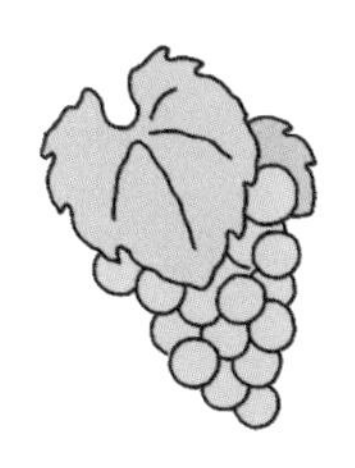

✿향기 좋은 포도주처럼✿

ISFJ_잇프제

다른 사람들을 부담스럽게 하지 않으면서도 말없이 미소 짓는 유형, 도움이 필요한 곳에 누구보다 빨리 손을 내미는 유형, 그냥 착하기만 한 줄 알았는데, 알고 보면 뭐든 잘하는 능력자에 성실하고 노력하는 유형.

ISFJ 유형은 겉과 속이 다르다. 겉으로 보기엔 잘 휘어지는 버드나무처럼 유연해 보이는데, 속은 대쪽 같다. 표현하지 않을 뿐 호불호가 확실하다. 겉보기엔 상큼하고 작고 귀여운 귤 같은데, 알고 보면 진하게 향기를 풍기는 최고급 포도주다. 때로는 미지근한 우유 속에서 오랫동안 우려낸 밀크티 같기도 하다. 이 유형은 속이 깊고, 사랑할 때조차 생각이 깊다.

여기서 '생각이 깊다'는 의미는 '생각이 많다'는 의미가 아니다. 이들은 '쓸데없는' 생각을 별로 하지 않는다. 몽상이나 상상은 우선 순위 바깥이다. ISFJ 유형은 매우 현실적이라서, 실용적으로 도움이 되고, 가치가 있는 일에만 시간과 노력을 들인다. 연인을 고를 때조차도 그렇다. 이들을 '생각이 깊다'라고 묘사한다면, 그건 이들이 현실 상황에서 가장 최적화된 선택을 하기 위해서 고심한다는 의미라고 할 수 있다.

ISFJ 유형의 이상형은 어떤 사람일까?

이 유형의 이상형은 '반듯한' 사람이다. 이들은 SJ 기질이라서 기본적으로 틀에 벗어난 사람, 제멋대로 생활하는 것처럼 보이는 사람, 위계질서를 거스르는 사람, 상식이 없는 사람을 불편하게 생각한다. 특히 윤리 도덕적으로 문제가 있거나, 공공의 질서에 어긋나는 행동을 하는 사람에게는 불편함을 넘어서 불쾌감을 느낀다. 당연히 연인이나 썸을 타는 상대방이 욕을 입에 달고 있거나, 노인이나 어린애, 힘없는 동물들에게 함부로 대하는 모습을 보면 마치 자신이 그런 행동을 한 듯이 볼이 화끈거린다.

또 노력도 안 하고 대가를 바라거나, 건실하지 않거나, 조금 힘들다고 쉽게 포기하거나, 생활 태도가 엉망인 사람을 보면 절대로 연인 관계를 지속하려 하지 않을 것이다. 이들은 올바

르게 살고 싶어 하는 사람이라서, 자신의 반쪽이 될 사람이 반듯하지 않다면 부끄러움을 느낀다. 함께 미래를 나누고 싶어 하지 않는다.

이들과 사랑을 이어가려면 어떻게 접근해야 할까?

밀크티를 우리기 위해서는 인스턴트 밀크커피를 만들 때보다 손이 많이 간다. 세심한 정성과 손길이 필요하다. 느린 속도로 차가 우러나올 때까지 기다려야 한다. ISFJ 유형은 연애를 쉽게 시작하지 않는다. 좁고 깊은 인간관계를 가지는 경우가 많고, 어느 정도 친해져도 개인 사정을 공유하지 않으며, 속마음을 말하는 일도 드물다. 그러므로 사랑을 이어가고 싶다면 먼저 이들에게 편하고 믿을 만한 사람이라는 확신을 줘야 한다.

ISFJ 유형이 쉽게 연애를 시작하지 않는다는 의미를 오해하면 안 된다. 간 보고, 밀당한다는 말이 아니다. 오히려 그 반대다. 정직하게 마음의 소리를 좇는다. 마음이 끌리지 않으면 스킨십이나 육체 관계도 하지 않는다. 이 유형은 인내력도 강하고, 쾌락에 쉽게 응하지 않는 편이다.

사귀게 되면 서서히 자신의 속마음을 보여주는데, 마치 잘 익은 포도주처럼 그 향기는 매우 짙다. 오래 사귀면 사귈수록 매력이 우러난다. 열정적인 연인이라기보다는 부드럽게 연인을 지켜주고 도와주려는 수호천사에 가깝다. 가끔 이들은 '아낌없이 주는 나무'라고 불리기도 하는데, 그것만 봐도 이들이 사랑하는 사람에게 어떻게 대할지 짐작할 수 있다.

ISFJ 유형에게 사랑은 NF(직관+감정형)처럼 관념적인 정신의 영역만은 아니다. 실제로 행동으로 보여줄 수 있는 것이 진짜 사랑이다.

친해지고 나면 의외의 모습을 보여주기도 한다. 이들은 내향형 중에서도 외향적인 면이 가장 많은 유형인데, 보통은 그 모습을 남들에게 잘 보이지 않는다. 친해진 이후에만 사차원 모습이나 푼수 짓까지 볼 수 있다. 평소에 망가지는 모습을 보이려 하지 않지만, 연인 한정 '봉인 해제'된 모습을 보여준다.

그렇다면 ISFJ는 언제 사랑이 식을까?

한번 마음을 주면 ISFJ는 쉽게 사랑을 회수하지 않는다. 자신이 한번 하기로 결심한 일은 노력해서 해내고, 하겠다고 말한 일은 꼭 지키는 유형이라서, 연인에게 하는 사랑의 말에도 책임감을 건다.

비극적인 경우는 이들의 판단이 어느 순간 잘못되었다는 사실을 깨달아도 쉽게 사랑을 회수하지 못할 때가 있다는 점이다. 남들이 보기엔 그만둬야 할 것 같은 연애인데도, ISFJ는 상대방을 믿고 헌신하는 경우가 종종 있다. 이들은 유턴이 잘 안 되는 유형이다.

하지만 보통의 경우는 마치 오랜 기간 물길이 닿았던 바위가 조금씩 깎여가듯이, 사랑은 서서히 줄어든다. 이 유형은 갈등을 싫어하고, 남들에게 싫은 소리를 하기 힘들어하는 유형이다. 그래서 사랑을 끝내야 할 시점이 오면 가장 온건한 방식으로 사랑을 끝내려고 한다.

ISFJ가 사랑을 끝내고 싶어 하는 이유는 사랑을 시작하지 못하는 이유와 같다. 상대방의 인품이 의심되는 경우, 내 연인이라도 세상에 보여주기에 부끄럽다는 느낌이 드는 경우다. 여기에서 '부끄럽다'는 의미는 단순히 개인적인 면모만을 의미하지 않는다. 경제적, 사회적인 모습까지 포함할 수도 있다. 외면과 내면, 미래와 현재를 모두 포함하는 개념이다. 가족에게 보이기 어려운 상대라면 이들은 연애와 결혼을 망설일 것이다.

ISFJ와 계속 좋은 관계를 유지하고 싶다면 어떻게 해야 할까?

이들은 모든 일에 최선을 다하는 유형이다. 연애에서도 상대방에게 헌신적인 태도를 고수하고자 한다. 자신이 조금 손해 보는 것 같고, 정신적 · 물리적으로 힘들더라도, 상대방의 행복한 모습을 보며 보람을 느낀다. 은근하게, 말없이 상대를 위해 최선을 다한다. 항상 그 자리에 서서 상대방이 필요한 것을 챙겨준다. 이런 ISFJ 유형의 노력을 가볍게 생각하거나, 우습게 여기거나, 심지어 신의를 저버리기까지 하면, ISFJ의 실망과 분노를 동시에 느낄 수 있게 될 것이다. 이들의 보살핌을 당연하게 여기는 태도는 금물이다. 한번 상처받으면 잘 잊지 않는 사람이기도 하다.

다른 기질과의 관계를 보면서 ISFJ 유형의 연애를 좀 더 자세히 알아보자.

NT 기질과 ISFJ 유형

NT 기질은 ISFJ가 도움을 주고 싶은 사람들이다. NT 기질은 정신적인 영역에서는 우등생이지만, 실생활에서는 어설픈 경우가 많기 때문이다. 현실보다 상상 속 세계에서 더 만족감을 느끼다 보니, 현실성을 상실하는 경우가 종종 생긴다. ISFJ는 이들의 빈구석을 채워주고 싶은 욕구를 종종 느끼곤 한다.

INTJ ♥ ISFJ

INTJ는 독립성이 발달한 유형이고, INFJ 유형 못지않게 자아 발견에 대한 욕구가 높다. ISFJ는 복잡하고 깊이 있는 생각보다는 눈앞에 닥친 일을 차분하게 순서대로 처리하는 유형이다. INTJ와는 서로의 부족한 점을 채워줄 수 있지만, 감정적으로 ISFJ가 아쉬움을 느낄 가능성이 높다. ISFJ는 연인의 칭찬에 힘을 얻는데, INTJ의 사랑 표현은 칭찬이나 격려보다는 비판과 블랙 유머인 경우가 많다. ISFJ는 '내 사람'에 대한 충성도가 높은 편인데, INTJ는 인간관계를 느슨하게 가져가려고 한다. 그럼에도 ISFJ는 갈등이 싫어서 원하는 것을 연인에게 말하지 않는다. ISFJ는 욕구의 우선순위를 자신에게 두는 연습을 하면 좋다. 관계에서 누군가가 주인공이 되고, 다른 사람이 조연이 되는 관계는 오래가기 힘들기 때문이다.

INTP ♥ ISFJ

ISFJ와 INTP는 다정한 집사와 시크한 길냥이의 만남 같아서, ISFJ가 좀 더 적극적으로 다가서면서 돌봐주는 관계다. INTP가 예민하지 않다면 ISFJ의 돌봄에 귀를 내리고 골골거리며 안기겠지만, 야생성이 발달한 경우라면 갑자기 할퀼 수도 있다.

ENTP ♥ ISFJ

ISFJ와 ENTP는 거울 유형으로 모든 글자가 다르다. 질서와 규칙 속에서 안정감을 느끼는 ISFJ는 변화와 모험을 즐기는 행동파 ENTP의 방식에 혼란함을 느낀다. 하지만 자신과 완전히 달라서 역동적인 매력에 빠지기도 한다. ISFJ와 ENTP가 사귀게 되면, ISFJ는 ENTP의 뜬금없는 행동에 잔소리하지 않도록 주의하고, ENTP는 ISFJ에 충실한 애정을 잃지 않도록 한다. ISFJ가 요청하지 않더라도 항상 의견을 묻고, 필요한 것은 없는지 다정하게 살피려는 노력이 필요하다.

ENTJ ♥ ISFJ

ENTJ와 ISFJ는 약속과 계획 등을 지키는 모습에 서로를 신뢰한다. 이 둘은 사귀면서 안정감을 느낄 수 있는 관계다. 하지만 ISFJ는 일상에 대한 대화를 나누면서 편안해하고, ENTJ는 상상이나 직관, 아이디어, 미래에 대한 대화에서 즐거움을 느낀다. 상대방이 어떤 대화에 관심을 느끼는지 관찰하면서 연인의 이야기에 귀 기울이는 태도가 필요하다. 특히 ENTJ는 ISFJ의 고민을 듣고 먼저 충분히 공감해준 다음 대안을 제시하도록 한다.

NF 기질과 ISFJ 유형

ISFJ는 NF 기질이 엉뚱하거나 사차원이라고 생각하는 경우가 많다. 사회적인 체면을 중요하게 생각하고, 자신의 나이나 지위에 걸맞은 행동을 하려고 하는 ISFJ가 보기에, NF 기질은 철없는 아이처럼 보일 수 있다. 그런데도 ISFJ는 NF 기질의 선량함과 진실함에 매료되어 사랑에 빠지곤 한다.

INFJ ♥ ISFJ

ISFJ와 INFJ의 만남은 헌신하는 사람과 고독한 사람의 만남이다. 완벽한 가정을 꾸리고 싶은 사람과 보헤미안의 만남이기도 하다. 하지만 둘 다 따뜻하고 친절하며 감수성이 높아서 오랫동안 서로를 관찰하다가 썸을 탈 수 있다. 또 둘 다 좁고 깊은 인간관계를 추구하고, 다른 사람과 쉽게 가까워지지 않는다는 점에서 비슷한 점이 많다. 수줍음을 극복하고 연인이 된다면 서로를 신뢰하는 연인 사이가 될 것이다. 다만 ISFJ 유형은 겉보기보다 자기 주관이 강하고 보수적인 면도 있어서, INFJ가 답답함을 느낄 수 있다.

INFP ♥ ISFJ

ISFJ는 현실에 발을 붙이지 않고 몽상 속에서 살아가는 INFP의 모습에 매력을 느끼면서도, 끊임없이 보호자처럼 행동하고 싶은 욕구를 느낀다. ISFJ의 눈에는 INFP가 미덥지 못하게 느껴진다. 이런 연인 관계가 긍정적으로 이어지는 경우는 INFP가 특유의 영감과 통찰력으로 ISFJ의 정신적인 지지자 역할을 하는 경우다. 서로에게서 부족한 점을 서로가 물질과

정신으로 채워주기 때문에, 두 사람의 관계는 순조롭게 흘러가게 된다.

ENFJ ♥ ISFJ

ISFJ와 ENFJ는 서로가 서로에게 최선을 다하는 다정한 관계다. 겸손이나 배려, 부드러움과 상식을 중요하게 생각하는 ISFJ에 ENFJ는 로맨틱함까지 소유한 완전체처럼 느껴질 수도 있다. 또 ISFJ는 칭찬을 좋아하는데, ENFJ야말로 상대방을 진심 어린 칭찬으로 도배할 수 있는 대가기도 하다. 단지 ENFJ의 직관 성향(N)이 높을 경우, 점차 대화의 고갈을 느낄 수 있다.

ENFP ♥ ISFJ

ISFJ와 ENFP는 서로를 이해하기 어려울 수 있다. ENFP는 NF 기질 중에서 가장 즉흥적이고, 한곳에 정착하지 못하며, 일을 자꾸 벌이는 유형인데, 수습은 잘하지 못한다. 하늘을 나는 페가수스처럼 여기저기를 활보하지만, 땅에 발을 붙이기는 어렵다. 그래서 ISFJ는 ENFP 연인을 만나면 안정감을 느끼기 어렵다. 상대방이 피터 팬 같은 영원한 어린아이라는 생각을 하며 황당해하기도 한다. 단지 좋은 점은, 명랑하고 천진난만한 ENFP의 에너지에, 마냥 진지하고 무거운 책임감 아래서 허덕

였던 ISFJ가 숨을 쉴 수 있다는 점이다. 서로의 다른 점을 단점으로만 보지 않고, 상호보완한다고 생각하면 바람직한 관계다.

SP 기질과 ISFJ 유형

ISFJ는 SP 기질을 제멋대로에 자기중심적이라고 여길 수 있다. 동시에 SP의 튀는 에너지에 인생의 무게감을 덜기도 한다. SP와의 연애를 통해서 ISFJ가 더 넓고 다양한 세계를 경험할 수 있다는 점은 기대되는 면이다.

ISTP ♥ ISFJ

ISFJ와 ISTP는 한쪽은 지나치게 조심스럽고 경계심이 많은데, 한쪽은 지나치게 무심해서 연애 시작이 어렵다. 연애를 시작한다면 둘 중 좀 더 행동파인 ISTP가 ISFJ에 반해서 관계를 시작할 가능성이 높다. ISTP가 부드럽고 다정한 태도를 유지할 때, 이 관계는 장기적으로 유지된다. 계획적인 데이트 자금 관리 문제는 서로가 상이하게 달라서 상대방을 배려해주도록 한다. 결혼을 한다면 실생활은 ISFJ가 섬세하게 관리하고, 결단력이 필요한 부분은 ISTP가 나서면서 서로를 돕도록 한다.

ISFP ♥ ISFJ

ISFJ는 SP 기질 중에서 ISFP와 감정의 결이 제일 잘 맞는다. 둘 다 배려심이 높고 상대방에게 맞춰가려는 면이 있으며, 감정도 풍부하기 때문이다. '찐친(진짜 친구)' 같은 연애가 가능하다. 단 ISFJ는 자신이 좋아하는 사람일수록 잔소리하면서 챙기려는 면이 있다. 그런데 ISFP가 가장 싫어하는 일이 타인의 간섭이다. 이 점을 서로 주의하도록 한다.

ESTP ♥ ISFJ

ISFJ와 ESTP는 연애 시작은 쉽지 않지만, 일단 연인이 되면 대화도 잘 통하고, 서로가 서로에게 보완적인 면도 크다. 솔직하고, 다른 사람에게 잘 맞춰주는 인간관계 재주꾼이자, 설득력 좋은 ESTP는 ISFJ가 편안한 마음으로 시간을 보내도록 할 수 있는 능력자다. 특히 ESTP는 눈치가 매우 빠르고 행동력이 있어서, ISFJ가 서운한 마음을 가지지 않도록 잘 행동한다. 그런가 하면 덤벙거리고 실수가 잦은 ESTP를 준비성 많은 ISFJ가 보완해준다. ESTP가 지나치게 변화무쌍하게 행동하면서 자기 위주로 결정하지만 않는다면, 둘 사이에는 순풍이 불 것이다. 특히 두 유형 모두 매우 현실적인 타입이라 서로의 실리적인 면을 존중할 가능성이 높다.

ESFP ♥ ISFJ

ISFJ와 ESFP의 경우, 연애 초반에는 서로의 성향이 달라서 매력적으로 느낄 수도 있고, 서로가 서로에게 보완적인 면도 많다. 하지만 ISFJ는 삶에서 의무나 책임감을 중요하게 생각하는데, ESFP의 삶의 목표는 행복감과 자유분방함이다.

ESFP는 모든 유형 중에서 가장 낙천적이고 관대하다. 반면 ISFJ는 자기 관리력이 만렙이다. 이 점이 부딪힐 때 더 이상 깊이 있는 관계로 가지 못할 수도 있다. 또 넓고 다양한 관계일수록 더 기분 좋아지는 ESFP와 둘만의 조용한 시간을 가장 중요하게 생각하는 ISFJ는 점차 서로에게 서운함을 느낄 일이 잦아질 수 있다.

SJ 기질과 ISFJ 유형

SJ 기질과 ISFJ는 같은 가치관을 따르고 있기 때문에 소통하기 쉽다. SJ끼리 결혼한다면 안정되고, 상식과 예의범절을 지키며, 모범적인 가족을 가꾸며 살아갈 것이다.

ISTJ ♥ ISFJ

ISFJ와 ISTJ는 둘 다 성실하고, 책임감 있고, 꾀를 부리지도 않는다. 둘이 공유하는 가치관은 신뢰감이다. ISFJ는 보증수표처럼 믿음직한 연인을 만나서 좋고, ISTJ는 정직하고 배려심 많은 연인을 만나서 좋다고 생각한다. ISTJ는 자기의 의견을 표출할 때 논리적으로만 어필하지 않도록 주의하고, ISFJ는 자신의 감정이나 의견에 대해 좀 더 솔직한 모습을 보이도록 한다.

ISFJ ♥ ISFJ

ISFJ끼리의 연애는 평화롭다. 시간이 흐를수록 상대방에게 헌신하는 관계다. 특히 둘 다 자기 경계선 안에 들어온 사람에게는 망가진 모습도 아무렇지 않게 보여주는 경우가 많아서 친구보다 편한 사이일 수도 있다. 다만 둘 다 변화를 추구하는 유형이 아니라서, 극적인 재미가 없을 수 있다.

ESTJ ♥ ISFJ

ISFJ와 ESTJ는 겉보기에는 매우 잘 맞는 커플처럼 보인다. ESTJ가 앞장서서 모든 일에 주도권을 쥐는 일이 많은데, ESTJ는 일처리가 깔끔하고, 실패나 실수가 없는 편이라 대부분 완벽한 결과를 낸다. 그리고 두 유형 모두 준비성이 철저해서 데이트의 가성비나 진행 등 실망할 일이 거의 없다. 그런데 둘 사이의 속도가 서로 묘하게 안 맞는다고 느낄 수 있다. ESTJ는 속사포로 일을 처리하는 유형이고, ISFJ는 심사숙고하는 편이다. 자기 생각을 정리하기도 전에 이미 ESTJ가 일을 시작하는 경우가 많고, 갈등이 생겼을 때도 서로의 의견 표현 방식이 달라서 ISFJ가 속앓이할 가능성도 있다. 솔직하고 직설적이면서 뒤끝이 없는 ESTJ는 ISFJ가 자기 말에 상처를 입었다는 사실조차 모르는 경우도 생긴다. 두 유형이 연애할 때 ESTJ는 진행 속도를 조금 늦추고, ISFJ의 의견이나 감정을 느긋하게 살펴볼 필요가 있다.

ESFJ ♥ ISFJ

ISFJ와 ESFJ는 서로 닮은 점이 많다. 둘 다 타인에게 배려심이 많고 신경도 잘 쓴다. 데이트하더라도 둘 다 준비성도 좋아서 서로를 물리적으로 잘 챙겨주는 관계다.

#ISFJ_유형_연애는? ♥

1. 수호천사, 나만의 수호 기사로서의 연애.
2. '좋은 사람'을 가린다.
3. 연인은 '내 사람'이라서, 내 일처럼 다 챙겨주는 거 가능.

♥ ISFJ 유형과 연애 궁금증① ♥

"ISFJ가 외모를 많이 보나요?"

ISFJ는 인성과 성격에 반하는 경우가 많다. 외모가 아주 싫어하는 스타일만 아니라면, 외모보다 내면에 끌린다. 만약 외모가 아주 호감형이거나 빼어나다고 해도 그 사람의 행동이나 말투에서 실망감을 느낀다면 생기려던 호감마저 사라지는 경우가 많다. 한마디로 외모에 혹할 수는 있지만 외모만 따지지 않는다. 이들은 오랫동안 함께 할 수 있는 사람을 만나고 싶어 한다.

♥ ISFJ 유형과 연애 궁금증② ♥

"ISFJ와 소개팅을 하려고 해요.
어떻게 행동해야 할까요?"

ISFJ는 급발진 연애를 좋아하지 않는다. 매너 있는 상대를 좋아한다. 다정하고 매너 있게 행동한다면 일단 기본 점수는 받고 들어갈 수 있을 것이다. 집에 돌아가면 잘 들어갔냐고 문자도 보내고, ISFJ가 답을 늦게 하더라도 차분히 기다려준다.

ISFJ 유형과 연애 궁금증③

"ISFJ가 싫어하는 행동이 있나요?"

갑자기 약속을 잡거나 약속 없이 찾아오는 행동, 약속 시간에 매번 늦는 경우, 자기 할 일을 제대로 안 하고 나태한 모습, 돈 관리를 제대로 못하거나 낭비가 심한 경우, 주변 정리가 안 되고 지저분한 환경을 내버려 두는 경우 등, ISFJ가 싫어하는 연인의 모습은 생각보다 많다.

ISFJ가 요구하는 내용은 신뢰나 질서와 관련된 내용이 대부분이다. 이들은 이게 삶의 기본이라고 생각하고 있다. 만약 ISFJ 연인에게 잘 보이고 싶다면 이런 점은 미리 신경 쓰는 게 좋다. 특히 한번 실수를 할 수 있지만, 두 번은 실수하지 않도록 노력하는 모습을 보이도록 한다.

사소한 행동으로는 부담스러운 선물을 하는 경우와 무례한 부탁을 하는 경우도 있다. ISFJ는 마음이 담긴 작은 선물을 더 좋아하고, '기브 앤 테이크(Give and Take)'를 중요하게 생각한다. 부담스러운 선물은 불편하게 여긴다. 거절을 잘하지 못하고, 싫은 소리 하기를 꺼리므로, 상대방의 부탁도 부담스럽게 생각한다. 싫은 점이 쌓이면 참다가 나중에 한꺼번에 터뜨리는 경우도 있다. 그래서 ISFJ가 헤어지자고 말을 꺼낼 때는 당장의 다툼 때문이 아닌 경우가 많다. 화가 나서 헤어지자고 말한 게 아니라, 헤어질 결심을 했기 때문에 헤어지자는 말을 꺼낸 경우가 훨씬 많다.

ESTJ

✿ 상쾌한 민트 티 ✿

ESTJ _엣티제

시원한 민트 티처럼 이들에게서는 청량한 향기가 난다. ESTJ 유형은 겉과 속은 다르지 않다. 연애할 때 연인에게 거짓말하거나 자신을 과장되게 꾸미는 법이 없다. 솔직담백하게 자기 모습을 보여주고, 좋아하는 사람에게 직진한다. 물론 ESTJ 유형은 다른 유형보다 썸남 썸녀 획득에 기술적으로 우월할 수는 있다. 이 '기술적인 부분'은 밀당이나 계략이 아니라 '철저한 계획과 준비성'이다.

ESTJ 유형은 연인에게 흔들리지 않는 든든한 나무 같은 사람이다. 최소한 자기 일 때문에 연인에게 폐나 걱정을 끼치지 않는다. 주고받는 게 확실해서 상대방에게 받기만 하려고 하지 않고, 큰 선물을 받으면 그 이상 보답을 해주려고 한다. SJ 기질답게, 자신이 사랑하는 사람에게 어떤 지원이 필요하다고 생각하면 아낌없이 몸을 내던진다. ESTJ 유형은 SJ 기질 중에서도 가장 적극적이고, 자기 의사 표현이 확실하다.

또 호감이 있는 사람에게는 질문 폭격기가 되고, 잔소리도 아끼지 않는다. 이들에게 관심과 호감, 애정, 잔소리, 챙김은 한 길로 통한다.

이 유형과 연인이 되면 어떤 부분을 신경 써야 할까?

ESTJ 유형은 예의범절을 중요하게 생각하고, 부지런한 사람이며, 자기 시간을 누구보다 잘 쪼개서 쓰는 시간 절약가다. 이들에게 빈 시간이란 없다. 심지어 외로울 시간도 없을 정도다. 그러다 보니, 꾀부리거나, 자기 일을 게을리하거나, 행동하지 않고 징징거리기만 하거나, 할 일을 미루거나, 기본적인 매너를 지키지 않는 사람에게는 크게 실망한다.

물론 일반적인 인간관계와는 달리, 연애에서는 반대의 화학작용이 일어나기도 한다. 이들은 기꺼이 문제를 해결하고 더 나은 상황을 만들어가려는 추진력이 뛰어나기 때문에, 어설퍼 보이는 이성을 챙겨주고 보살펴주다가 연인이 되는 경우가 있다. 마치 N극과 S극이 만나듯이, 자기가 영향력을 행사할 수 있는 사람에게 빠져드는 것이다. 이들은 종종 자신과 전혀 다른 유형과 맺어지기도 한다.

이 유형은 사고력(T)이 1차 기능이고 감정(F)이 열등 기능이다. 어지간한 호감이 아니라면 주변 사람들에게 관심을 두지 않는다. ESTJ 유형이 사고력을 발휘해서 자꾸 질문을 하고, 무례하다 싶을 정도로 관심을 표현한다면 '그린라이트'라고 봐도 좋다.

하지만 사고력의 작용이 워낙 우세한 유형이다 보니, 썸을 타는 과정에서도 종종 연인보다 일을 선택하는 모습을 보이기도 한다. 꾸준히 연락하다가 간혹 일에 집중할 때 연락이 뜸해지거나, 나중에 업무가 끝난 후에 몰아서 답장하는 경우도 많다. 극단적인 경우에는 일이 바쁘면 썸 타는 중에도 며칠 동안 연락이 안 되는 경우도 있다. 이럴 때 안달하거나 자꾸 답장을 재촉하면서 이들의 사랑을 의심하면, ESTJ 유형은 어리광이라고 생각하고 받아주지 않을 확률이 높다.

이들과 연애할 때는 조금 느긋한 마음가짐을 가지고 상대의 애정을 신뢰할 필요가 있다. ESTJ 유형들은 든든한 나무 같아서, 감미로운 꽃향기를 뿜어내지는 않지만, 그 자리에 항상 서서 움직이지 않는다. 시원한 그늘이 되어주고, 멋진 열매로 보답할 것이다. 애정을 표현하는 방식이 예상과 다르다고 해서, 이들이 진심이 부족한 것은 아니다.

이들은 어떤 연인일까?

연애가 삶의 전부가 되는 로맨틱한 유형도 있지만, ESTJ 유형에게 일과 사랑은 어느 한쪽도 포기하기 어려운 선택이다. 이들은 일과 사랑을 구별한다. 일할 때는 일에 집중하고, 사랑에는 사랑대로 최선을 다한다.

감정적인 상대라면 ESTJ의 애정 표현과 대화 방식에 불만을 가질 수도 있다. 공감만 해주면 되는데, ESTJ는 자꾸 해결하려고 하기 때문이다. 다른 유형보다 문제 해결력이 뛰어나고, 상황을 냉정하게 판단하는 편이라서, 이들은 상황을 분석하고 문제를 해결하는 데 최적화되어 있다. ESTJ는 연인에게도 위로보다 현실적 해답을 주려는 유형이다.

ESTJ가 조언할 때는 최선의 솔루션을 내려주는 것이기 때문에, 이들의 정성 어린 답변을 듣고 아무렇게나 행동하면 안 된다. 조언을 해줬는데, 자기 맘대로 해버리는 사람을 이해하기 어려워한다. 반대로 자신의 조언을 새겨듣고, 진심으로 감사한 마음을 표현하며 변화하려고 노력하는 연인에게는 매우 감동한다.

이들에게는 가식적인 호응은 해주지 않아도 된다. 납득할 수 없는 칭찬은 감동하기보다는 의아하게 여긴다. 칭찬을 좋아하지만, 외모나 성품에 대한 막연한 칭찬보다는 자기가 하는 일을 잘하고 있다는 격려와 존중의 칭찬을 가장 기뻐한다. 단맛이 없는 담백하고 시원한 민트 티처럼, 이들과의 연애는 심플

하고 투명하다.

어떤 면에서 보면, 이 유형은 상대를 좋아해도 감정 표현에는 서툰 유형이기도 하다. 이들은 종종 좋아하는 마음을 말로 표현하기보다는 물질로 표현한다. 마치 좋아하는 인간에게 먹이를 물어다 바치는 커다란 늑대처럼 말이다. 자기 시간을 금처럼 아끼는데, 시간을 쪼개서 누군가를 만나고, 질문하고, 뭔가를 챙겨주고, 선물을 준다면 정말 상대방에게 푹 빠진 것이다. 설령 로맨틱한 미사여구로 애정을 표현하지 않더라도 말이다.

ESTJ와 계속 좋은 관계를 유지하고 싶다면 어떻게 해야 할까? 이들은 완벽주의자적인 면이 있다. 성취욕구도 높은 편이고 맡은 일은 끝까지 해내는 끈기도 뛰어나다. 연인이 자기 관리에 허술하거나 게으르다면 관계에서 김빠진 느낌을 받을 수도 있다. 열심히 사는 모습을 어필하면 좋다.

위로를 해달라면서 폭풍 감정 호소를 하면 ESTJ는 감당하기 힘들어한다. 특히 말이 길어지거나, 했던 말을 자꾸 반복하는 사람에게는 절대 시간을 쓰고 싶어 하지 않는다. ESTJ와는 밀당도 통하지 않는다. 이들은 밀당조차도 시간 낭비라고 생각하는 경우가 많기 때문이다.

다른 기질과의 관계를 보면서 ESTJ 유형의 연애를 좀 더 자세히 알아보자.

NT 기질과 ESTJ 유형

INTJ ♥ ESTJ

ESTJ 유형과 INTJ 유형은 둘 다 자기감정을 세심하게 표현하지 않는 유형이다. 그 대신 사랑에 정직하고 좋아하면 직진한다. 이들은 서로에게 감정적인 호소나, 밀당을 하지 않는다. 잘 안 맞는 점은 INTJ는 세상의 모든 사물에 대해 원칙과 철학을 찾아보려는 면이 있어서 깊이 있는 대화를 좋아하는데, ESTJ는 실용적인 면이 강하다는 점이다. 결혼하면 함께 지적인 게임을 즐기면서 각자의 시간을 가지는 편이 좋다. 서로 적당한 거리감이 있는 상태가 도리어 합리적이라고 생각할 수 있다.

INTP ♥ ESTJ

ESTJ와 INTP는 감정에 휘둘리지 않고 담백하다. 서로의 감정 표현 방식이 잘 맞는 관계다. 둘 다 사고력(T)이 1차 기능이라서, 끈적끈적한 관계를 힘들어한다. 답장이 간결한 편이고, 집중할 일이 있을 때 다른 생각을 잘하지 못하기 때문에, 연락 같은 문제로 스트레스를 받지 않는다. 연인이 되더라도 한쪽은 현실 세계에서 자기 일을 열심히 하고, 한쪽은 상상 세계에서 자기 사고력을 활용한다. ESTJ의 생활력과 현실감각이 INTP에 도움이 되고, INTP의 재능과 상상력이 ESTJ의 동기를 유발하는 관계라고 할 수 있다. ESTJ가 지나치게 간섭하지 않고, INTP가 지나치게 현실 세계를 귀찮아하지 않는다면, 좋은 관계로 지낼 수 있다.

ENTP ♥ ESTJ

ESTJ와 ENTP는 둘 다 자기주장을 양보하려 하지 않는다. 연인이라기보다는 마치 라이벌 같은 관계일 수도 있다. 하지만 서로를 자극하면서 더 발전하고 동기부여 받을 수도 있다. 현실적이면서 고지식한 ESTJ와 상상력이 풍부하고 유연한 ENTP는 서로에게 부족한 부분을 채워주는 황금 궁합이 되기도 한다. 단지 ESTJ가 지나치게 질서와 규칙을 강조할 때, ENTP는 연인에게 갑갑함을 느끼게 된다. ENTP가 지나치게 비현실적인 상상력에 몰두할 때, ESTJ가 연인에 대한 신뢰감을 유지하기 힘들 수 있다.

ENTJ ♥ ESTJ

ENTJ와 ESTJ는 비슷한 면이 많고, 삶에서 추구하는 가치도 비슷하며, 일하는 모습이나 생활에서 우선시하는 부분도 잘 맞는다. 화학적으로 끌리기보다는 동료 의식을 먼저 느낀다. 두 유형이 연인이 된다면 각자 할 일을 열심히 하면서 건설적인 관계로 지내는 연인이 될 것이다.

NF 기질과 ESTJ 유형

NF 기질은 네 가지 기질 중에서 가장 정신적인 사랑을 추구하는 로맨틱한 사람이다. 그런데 ESTJ는 모든 유형 중에서 가장 현실적이고 실용적인 편이며, 감정 표현에 취약하다. 그래서 두 유형의 만남은 감정과 이성의 만남이고, 이상과 현실의 만남이기도 하다. 서로 잘 맞는다면 자신과 다른 상대에게서 이성적인 매력을 느낄 수 있지만, 가치와 현실이 충돌하면 큰 실망감을 안게 되기도 한다.

ESTJ는 행사나 기념일을 중요하게 생각하고 격식을 따지는 편인데, NF 기질에게 형식이나 격식은 그 정도의 의미가 없다. NF에게 가장 중요한 요소는 삶의 가치관과 자아실현의 성취감이다. 각자가 지닌 삶의 방식으로 얼마나 잘 소통할 수 있는지가 장기적인 연애의 관건이라고 할 수 있다. 유형별로 좀 더 자세히 알아보자.

INFJ ♥ ESTJ

ESTJ와 INFJ의 경우, ESTJ의 철저한 자기 관리와 성장 노력을 INFJ는 긍정적으로 느낀다. 자신감, 자기주장, 화통함, 현실적인 해결 능력, 믿음직한 모습이 연인으로서의 매력이다. ESTJ의 입장에서도 INFJ가 자신의 꿈을 꾸준히 실현해 나가는 모습에서 매력을 느낀다. INFJ는 감정적이면서도 은근히 냉철한 면이 있어서 연인에게 감정적으로 연연해하지 않는다. 단지 오래 사귀다 보면, INFJ는 ESTJ가 잘 챙겨주는 모습을 부담스럽게 여길 수 있고, ESTJ는 INFJ가 격식을 중요하게 여기지 않는 면에 실망감을 가질 수 있다. INFJ는 ESTJ가 가족이나 친구들에게 소개하는 자리를 부담스럽게 생각하고, 대단한 선물이나 기념일 축하보다는 마음을 담은 애정 표현을 더 좋아한다. ESTJ는 INFJ의 이런 모습이 지나치게 소극적이고, 자신에 대한 애정이 부족하다고 오해할 수 있다.

INFP ♥ ESTJ

ESTJ와 INFP는 자석의 N극과 S극 같은 관계다. 어쩐지 서툴러 보이고, 뭐든 어설퍼 보이는데, 소년 소녀 같은 꿈 많은 모습이 ESTJ에는 신선하게 다가온다. INFP는 자신만만하고 뭐든 행동력 있게 추진하는 ESTJ를 대단하다고 감탄하면서 쳐다보다가 반하게 되는 경우가 많다. 특히 ESTJ가 적극적으로 대시하면 INFP의 방어력이 무너지는 경우가 있다. 적극적인 사람과, 잘 맞춰주는 사람의 궁합인 이들의 연애는, INFP가 자신의 요구 사항을 제대로 표현할 수 있다면 더 좋은 관계가 될 수 있다.

ENFJ ♥ ESTJ

ESTJ와 ENFJ는 둘 다 외향적이고 자기 관리를 잘하는 유형이다. 그런데 ESTJ에는 감정 표현이 약점이고, ENFJ에는 냉정함이 약점이다. 자신이 못 가진 것을 상대방이 갖고 있기 때문에 서로에게 감정과 냉철함을 배워가면서 깊이 있게 사귄다면 발전하는 관계가 될 수 있다. 이들이 찰떡 연애를 하게 되는 경우는 ENFJ가 정신적인 지지가 되고, ESTJ가 현실적인 버팀목이 되는 경우다.

ENFP ♥ ESTJ

ESTJ와 ENFP도 N극과 S극 같은 관계다. 잘 안 맞는 경우는 ENFP의 즉흥성과 감정이 지나치게 발산되는 경우다. 계획과 질서를 중요하게 생각하는 ESTJ로서는 자신의 질서정연한 세상을 마구 흐트러뜨리는 상대와 맞춰가기 어렵기 때문이다. 같은 이유로, ESTJ 가 유연성을 발휘하지 않고 자기 세계를 고집할 때 ENFP도 답답해할 수 있다. 상대가 힘들어하는 면을 적절하게 배려해주면서, 자신의 매력을 어필한다면 연인의 신선한 매력에서 빠져나오기 어려울 것이다.

SP 기질과 ESTJ 유형

ISTP ♥ ESTJ

ESTJ와 ISTP는 ESTJ가 자기주장을 강하게 내세우면서 크게 잔소리하지 않는다면 좋은 관계를 유지할 수 있다. ISTP는 모든 유형 중에서 독립심이나 개인주의적인 면이 5위 안에 들어갈 정도로 자기 시간을 즐기는 유형이다. 특히 타인의 간섭을 매우 싫어한다. 다른 면에서 둘 다 간결하게 의사소통하고, 직설적이며, 합리주의적이라서 소통의 방식은 잘 맞는다. 현실적인 면에 관심이 많아서 대화도 잘 통한다.

ISFP ♥ ESTJ

ESTJ와 ISFP도 정반대의 특징을 갖고있다. SP 기질 중에서 가장 예술적이고 직관적인 ISFP 유형은 ESTJ의 눈에는 현실성이 부족해 보인다. 특히 ESTJ는 행동력과 추진력이 발군인데, ISFP는 모든 유형 중에서 가장 뭉그적거리면서 혼자 '소확

행'의 시간을 보내는 유형이다. 감정표현 방식도 다르다. 배려심이 많고 문자를 즐기는 ISFP와 직설적이고 통화를 즐기는 ESTJ는 연락 방식에서도 갈등이 생길 수 있다. 그런데도 두 유형은 서로 굴곡이 반대인 블록이 딱 들어맞듯이, 어느 순간 서로에게 가장 필요한 존재가 되곤 한다. ESTJ가 연인에게 주의할 점은 항상 부드러운 의사 표현을 하는 것, 관용적인 모습을 보이는 것이다. ISFP는 좀 더 자기 관리에 노력하는 모습을 보여줄 필요가 있다.

ESTP ♥ ESTJ

ESTJ는 사회적으로 유능한 유형이고, ESTP는 가장 재미있게 잘 노는 유형이다. 둘 다 감정에 연연하지 않기 때문에 쿨한 소통이 가능하다. 장기적인 관계를 원하는 보수적인 ESTJ와 돌발적인 연애를 즐기는 ESTP의 일면이 갈등을 일으킨다면 돌이킬 수 없을 수도 있다. 대부분은 유연한 ESTP의 기지로 설득이 가능하지만, 근본적으로 연애에서 기대하는 바가 달라서 서로의 종착점이 다르다고 느낄 수 있다.

ESFP ♥ ESTJ

ESTJ와 ESFP는 고지식한 장교와 유연한 댄서의 만남과 같다. 서로의 세계가 완전히 다른데, 상대방이 가진 세계에 호기심을 느끼고 연애에 빠진다. 똑같은 나날을 보내는 ESTJ는 자유분방하고 밝은 에너지로 가득한 ESFP의 삶에 현란한 매력을 느낀다. 덤벙거리는 모습을 보고 챙겨주고 싶다는 마음이 생기기도 한다. ESFP의 입장에서는 ESTJ의 단단한 태도와 정직한 모습이 믿음직하게 보인다. 이 연애가 장기적으로 유지되려면 지나치게 상대방의 삶에 간섭하지 않고 어느 정도 거리를 두는 게 좋다.

SJ 기질과 ESTJ 유형

SJ는 같은 SJ 기질과 만났을 때 가장 안정적이고 이상적인 삶을 꾸릴 수 있다. 지향하는 가정의 모습이 비슷하기 때문이다. 그 대신 자신에게 없는 것은 상대에게도 없는 경우가 많아서, 드라마틱한 변화를 겪기는 어렵다. 이들이 결혼하게 되면 낭비나 유흥을 멀리하고, 자녀 교육에도 최선을 다하면서, 주변에 소박하게 베푸는 모범적인 가족이 될 것이다. 다만 규칙이나 예절, 사회적인 성취를 중요하게 생각해서, 사회적으로 모범적인 모습을 보이기 위해 지나치게 애쓰고 노력하는 가족이 될 위험도 있다.

ISTJ ♥ ESTJ

ESTJ와 ISTJ는 닮은 면이 많다. 둘 다 연애에서 자신의 감정을 감추려고 하지 않고, 책임감이 매우 높다. 좋아하는 사람에게는 올인한다. 연인이 되면 한눈을 팔지 않는다. 바람을 피거나 갑자기 환승하는 경우는 거의 없다. 에너지의 음과 양적인 부분을 서로 배려해준다면 안정적인 연애를 할 수 있다.

ISFJ ♥ ESTJ

ESTJ와 ISFJ도 사고방식이나 삶을 대하는 태도가 비슷하다. 둘 다 장기적인 관계를 바라고 결혼까지 염두에 두는 진지한 관계를 바란다. 자기 관리를 잘한다는 점도 비슷하다. ESTJ는 ISFJ가 충분히 자기 의견을 말할 수 있도록 배려해주면 좋다. ISFJ는 ESTJ에 맞춰주기만 하기보다는 자신의 요구 사항을 직설적으로 말해보는 연습이 필요하다.

ESTJ ♥ ESTJ

ESTJ끼리의 연애는 서로에게 부족한 점을 발견하지 못해서 화학적인 연애 결정이 잘 안 생길 수 있다. 연애하고 결혼까지 하게 되면, 부부가 안팎으로 열성적으로 활동하는 가정을 꾸리고, 손발이 척척 맞게 합리적인 결정을 내리고 실행하는 모습으로 살아갈 것이다.

ESFJ ♥ ESTJ

ESTJ와 ESFJ도 은근히 닮은 사람이라서, 둘 다 누군가의 부족한 모습을 채워주고 돌봐주고 싶어 하는 면이 있다. 단지 ESTJ의 1차 기능이 사고(T)고 ESFJ의 열등 기능이 사고(T)라서 둘의 장기가 반대다. 추구하는 가치나 삶의 모습, 삶의 태도는 비슷한데, 결정을 내리는 주체가 '심장'인가, '뇌'인가로 갈린다. 서로 조화를 이룬다면, 냉철한 판단력과 부드러운 리더십의 조화로, 안정적인 가정을 꾸밀 수 있다.

#ESTJ유형_연애는?

1. 흔들리지 않는 든든한 연인.
2. 날 따라와, 내가 지켜줄게.
3. 말보다 행동으로 애정을 표현한다.

ESTJ 유형과 연애 궁금증①

"ESTJ의 이상형은 어떤 사람인가요?"

이들은 보수적인 연인이다. 장난으로 연애하거나, 잠깐 사귀다 말 생각으로 연인을 고르지 않는다. 이들의 연애는 결혼과 연관되어 있다. 결혼한 후의 모습이 기대되지 않는 연인에게는 마음을 깊게 주지 않으려고 한다. 그래서 길게 보는 연애를 하고, 좋아하는 사람과는 결혼까지 기대한다. 자기 의사를 명확하게 표현하는 사람, 잔소리나 조언했을 때 리액션이 좋고 현명하게 잘 활용하는 사람, 뭔가 하나라도 배울 점이 있는 사람, 자기에게 동기를 유발할 수 있는 사람이 ESTJ의 이상형이다.

이 유형과 결혼하면 안정적인 가정과 책임감 있는 반려자의 모습은 기대할 만하다. 남성이라면 책임감 있게 가정을 수호하는 가장이 될 것이고, 여성이라면 가정 안에서 집안일만 하기 보다는 밖으로 나가 자기 힘을 발휘하는 슈퍼우먼이 될 것이다. 프로 주부이자 직장인이 이들의 미래다. 직업을 갖지 않더라도 집안의 대소사를 책임감 있게 처리하고, 주변에 자기 영향력을 현명하게 발휘하는 공동체의 일원이 될 것이다.

♥ ESTJ 유형과 연애 궁금증② ♥

"ESTJ가 제가 보낸 유머 메시지를 매번 읽지 않아요. 왜 그러는 거죠?"

이들은 무뚝뚝하고 애교가 없는 편이다. 게다가 매우 고지식한 편이기도 하다. 기꺼이 개미가 되려고 한다. 유흥에는 큰 관심이 없다. 이 유형과 연애를 할 때는 일상 톡이나 유머 등 재미있는 상황을 보내도 읽지 않을 확률이 높다. 꼭 필요한 말을 간략하게 전달하면 읽어볼 것이다. 이들에게 중요한 것은 팩트이기 때문이다. 그 외의 문자나 SNS는 굳이 읽어봐도 되지 않는 내용이라면 넘길 가능성이 크다. 연애에서도 효율성을 버리지 않는 유형이라서, 지루하게 메시지를 주고받기보다는, 차라리 전화로 통화하는 편을 택한다.

♥ ESTJ 유형과 연애 궁금증③ ♥

"ESTJ에는 어떤 선물을 하면 좋아할까요?"

당장 필요한 실용적인 물건을 선물하는 편이 낫다. 뭘 사줘야 할지 모를 때는 직접 물어보고 필요한 선물을 주는 것도 괜찮다. 서프라이즈는 별로 좋아하지 않는 편이다. 항상 사용하던 물건을 쓰려고 하는 성향이 있기 때문에 선물을 고르기 힘들 때는 직접 골라달라고 예시를 보여주는 것도 좋다. 상품권이나 현금도 나쁘지 않다.

ESFJ

✿ 달콤한 비타민 가득, 홈메이드 과일 차 ✿

ESFJ_엣프제

ESFJ는 부드러운 솜사탕처럼 사르르 녹아드는 달콤한 연인이다. 혹은 부드러운 100% 순면 이불처럼 상대를 감싸는 사람이다. 이들은 알뜰살뜰하게 연인을 돌본다.

ESFJ 유형은 사회적인 관계망 속에서 인간관계를 조절하는 능력이 가장 빼어난 유형이다. 상대가 지금 뭘 원하는지, 뭘 필요로 하는지 귀신처럼 알아챈다. 연인으로서 ESFJ도 상대방의 손발이 되어 잘 돌봐 주는 다정한 사람이다. 한마디로 이들은 미리 알아서 '다 해주는' 사람이다.

그런데 이게 ESFJ 연인의 모습 전부일까? 그렇지 않다. 솜사탕은 먹고 나면 손가락에 끈적한 설탕물이 묻는다. 이 유형을 관통하는 중심 선호 요소는 바로 감정(F) 이다. 열등 기능은 사고(T)다. 이들은 부지런한 집사나 포근한 이불이 되어줄 수는 있지만, 그 저변에는 자신의 정성을 알아주면 좋겠다는 끈적한 바람이 숨어 있다. 그 열망이 너무 커서 때로는 자신의 노력을 몰라주는 상대방에 대해 섭섭함을 느끼기도 한다.

합리적이거나 냉철함을 따지기보다 정이 앞선다. 타인에게 비타민이 되어 주는 유형이지만, 그 비타민을 만들기 위해 이들은 손수 홈 메이드로 과일을 자르고, 절이고, 오랫동안 숙성시키며 노력한다. 그 정성을 누군가는 인정하고 알아주기를 간절히 바란다.

남들과 쉽게 친해지는 것처럼 보여도, '금사빠(금방 사랑에 빠지는 사람)'는 아니다. 쉽게 만나고 쿨하게 헤어지는 유형이 아니다. 시간을 두고 상대방을 알아가려고 한다. 이들은 보기보다 보수적인 사람이기 때문이다. 또 단순히 밝기만 한 게 아니라 매우 '올곧은' 사람이다. 상식, 책임감, 끈기, 노력을 중요하게 생각하고, 특히 사회적 매너나 센스에 민감하다.

ESFJ 유형에게는 개인적인 행복보다 집단의 조화가 먼저다. 개인적 만족보다 행복한 가정을 더 중요하게 여긴다. 그러다 보니 미래의 이상적인 가정을 꾸미기 위해 사회적 · 경제적 · 개인적으로 가장 최선의 상대를 찾고자 한다.

ESFJ 유형의 이상형은 어떤 사람일까?

이들은 완벽을 추구하고, 원칙에 따르며, 실수를 두려워하는 모범생 유형이다. 하지만 마음이 여려서 걱정도 많고 용기를 내기 힘들어할 때도 있다. 이런 이들의 모습을 포용하고, 격려하고, 칭찬해줄 수 있는 사람, 사회적으로 존경할 만하고, 가정에 충실할 수 있는 사람이 ESFJ 유형의 이상형이다.

자신이 좋아하는 연인을 주변에서 싫어하거나 가족이 반대하면, 내적 갈등을 겪기도 한다. 자기 주변 사람들이 다 같이 좋아할 수 있는 연인을 바라기 때문이다. 그래서 가족 · 친구와 연인 사이에서 갈등이 일어났을 때, 때로 누구의 편도 들지 못하고 우유부단한 모습을 보일 때도 있다.

ESFJ 유형은 어떤 연인일까?

이들만큼 자상한 연인이 있을까? 함께 치킨을 먹다가 연인의 손가락 끝까지 다 닦아주는 사람이 바로 ESFJ 유형이다. 아플 때 따뜻한 수프나 죽을 만들어서 선물하고, 머리에 얼음찜질해주며, 열이 내릴 때까지 침대 옆에서 지켜주는 연인도 바로 이들이다. 준비성이 철저해서 데이트할 때는 추위를 대비해 따뜻한 음료수를 텀블러에 준비하고, 무릎 담요까지 챙겨오는 정성을 보인다. 온종일 피로에 지친 연인의 발을 마사지해주고, 젖은 머리를 부드럽게 말려주기도 한다. 재미없는 얘기를 하더라도 맞장구를 치면서 들어준다. 동성 친구보다 더 연인의 감정 변화를 세심하게 눈치채고, 기분에 맞춰 대응해주는 사람도 이들이다.

함부로 낭비하지 않고, 경제적인 데이트를 잘 이끌어가면서, 자기 관리에도 철저하다. 언제나 깔끔하고 단정한 모습을 유지한다. 야무지면서도 로맨틱하고, 배려심이 많다. 그래서인지 연인이 눈치가 없거나, 자신이 좋아하는 것을 전부터 얘기했는데 까맣게 잊어버리고 챙겨주지 않거나, 직설적으로 말하면, 섭섭함을 느낀다.

이 완벽해 보이는 연인에게도 약점이 존재한다. 싫다는 말을 잘하지 못해서 마음속에 서운함을 간직한 채, 자기가 말을 안 해도 상대방이 알아채 주기만을 간절히 바란다는 것이다. 또 누구에게나 잘해주고 싶은 마음이 앞서서 친구도, 가족도, 연인도 포기하지 못하고 다 끌어안으려고 한다. 연인을 포함해서, '사회적 관계망'은 이들에게 매우 중요하다. 때로는 SNS에 연인과 함께한 사진을 정성껏 올리면서, 자신의 연애를 남들에게 과시하기도 한다.

ESFJ 유형은 배우자와 헤어지지 않고 오랫동안 해로하는 유형이다. 이들은 가정 관리자로서도 매우 뛰어나며, 아이들과 친척들까지 세심하게 돌본다. 아이들에게 아낌없이 사랑을 주면서도 꼭 지켜야 할 기본적인 매너와 예의범절을 잘 가르친다. 집은 깔끔하고 잘 정리가 되어 있으며, 집안의 대소사를 잘 챙기고, 학부모 모임에서도 리더를 맡는 경우가 많다. 이들은 가족의 일원으로서 매우 중요한 역할을 한다.

다른 기질과의 관계를 보면서 ESFJ 유형의 연애에 대해 좀 더 자세히 알아보자.

NT 기질과 ESFJ 유형

ESFJ는 타고난 사회성을 소유한 인간 비타민이다. 친구들 모임에서 이들이 빠지면 뭔가 허전할 정도다. 이들은 사람들 사이에서 조화를 유도하는 '인간관계 크리에이터'다. 대신 추상적인 아이디어를 내거나 뭔가를 철저하게 분석하는 데는 관심이 별로 없다.

반면에 NT 기질은 정신적이고 관념적인 것에 감동하는 유형이다. 타인의 '지극한 관심'을 때로는 귀찮다고 여긴다. ESFJ가 주는 현실적이고 구체적인 도움은 고마운 일이긴 하지만, 근본적으로 NT 유형이 바라는 것은 아니다. 서로 중요하다고 생각하는 가치가 다를수록, 둘 사이에서 갈등이 더 커진다. 개인주의적인 성향을 기본 장착한 NT 기질은 어떤 의미에서는 ESFJ 유형과는 가장 반대쪽 삶을 살아가는 유형일 수도 있다.

좀 더 구체적으로 유형별 케미를 살펴보자.

INTJ ♥ ESFJ

ESFJ와 INTJ는 '서로의 삶을 얼마나 공유하는가' 라는 문제로 갈등을 겪을 수 있다. INTJ는 사소한 것까지 공유하고 싶어 하는 ESFJ에 피곤함을 느낀다. 갈등이 일어난 경우, INTJ가 주의할 점은 논리적으로만 대응하지 않는 일이다. ESFJ에는 논리적인 대응은 큰 의미가 없고, 도리어 서운함만 가중된다. INTJ는 개인 시간이 필요하다며, 진심을 담아 의사를 전달할 필요가 있다. ESFJ는 공감을 잘하는 유형이므로 연인을 이해할 것이다.

INTP ♥ ESFJ

ESFJ와 INTP는 '돌보는 사람'과 '혼자가 좋은 사람'의 관계다. ESFJ는 잡담의 귀재고, 끊임없이 사랑스러운 잔소리를 하면서 소중한 사람을 보살피려고 한다. INTP는 말은 별로 없지만, 깊은 대화를 나누고 싶어 한다. INTP는 일상적인 대화보다는 전문적인 주제에 대해 자신만의 독창적인 의견으로 불붙는 논쟁을 벌일 때 행복감을 느낀다. 이런 점부터 너무 다른 두 유형이라서, 대화 시작부터 실망감을 느낄 수 있다. INTP는 몸이 아플 때 조용히 혼자 쉬고 싶어 하는데, ESFJ는 일부러 찾아가서 요리해주거나 약을 챙겨주려고 한다. INTP 연인은 번거로운 게 싫어서 그럴 뿐인데, 혼자 있고 싶어 하는 연인을 보면서 ESFJ는 자기가 필요하지 않다고 오해하고, 서운함을 느낄 수 있다.

ENTP ♥ ESFJ

ESFJ와 ENTP도 ESFJ의 보살핌이 잘 스며들 수 있는 관계다. 하지만 ESFJ가 ENTP를 좋아한다면 한 가지 주의할 점이 있다. ENTP는 자기 발전에 노력을 기울이는 사람에게 더 매력을 느낀다는 점이다. ESFJ는 주변을 챙기기보다는 자신을 챙기는 데 더 주력하도록 한다. 한편 ESFJ와 사귀면서 ENTP가 주의할 점은 농담으로라도 ESFJ의 가족이나 친구에 대해 부정적인 발언이나 놀리는 말을 하지 않는 일이다. ESFJ는 가족을 매우 중요하게 생각하고, 보수적인 면도 있기 때문에, 장난이라도 선 넘는 농담을 한다면 불편하게 생각할 수 있다.

ENTJ ♥ ESFJ

ENTJ와 ESFJ도 ESFJ가 감정적으로 외로움을 느끼기 쉬운 관계다. NT 기질과의 연애에서 ESFJ는 상대의 무심한 반응이나, 툭 던지는 말투, 개인주의적인 면을 인정하고 연애를 시작해야 마음이 편하다. 주로 NT 기질은 자신이 상대에게 의존하지도 않지만, 상대방이 지나치게 의존해오는 것도 어색하게 느끼는 편이다. 특히 ENTJ는 자기 일은 스스로 하려고 한다. 누구의 간섭도 허용하지 않는다.

NF 기질과 ESFJ 유형

INFJ ♥ ESFJ

ESFJ와 INFJ의 경우, INFJ는 자신이 잘 대접받고 배려심 있는 연인과 함께 있다고 느끼면서도, 알 수 없는 불편함을 느낀다. 그 이유는 ESFJ의 모습에는 의무감이나 책임감이 녹아들어 있다는 사실을 본능적으로 감지하기 때문이다. INFJ는 ESFJ의 애정이 매뉴얼처럼 느껴질 수 있다. 또 관계가 오래 지속될수록 두 연인은 대화의 주제가 어긋나고 고갈된다고 생각한다. 창의력이나 엉뚱한 상상력에서 매력을 느끼는 INFJ는 현실적인 ESFJ의 모습이 평이하게 보이고, ESFJ의 외향적 에너지에 피곤함마저 느낄 수 있다. 반대로 ESFJ는 내면으로만 침잠하는 INFJ의 에너지가 지루하고 우울하다고 생각할 수 있다.

처음에는 INFJ도 가벼운 대화로 ESFJ에 맞춰주고, ESFJ도

INFJ의 심도 깊은 대화에 집중하지만, 시간이 흐를수록 서로의 욕구를 채울 수 없어서 재미를 느낄 수 없다. 두 유형이 좋은 관계가 되는 경우는 예술이나 가치관 등 세부적인 부분에서 흥미가 비슷해서, 대화가 잘 통하는 경우다.

INFP ♥ ESFJ

ESFJ와 INFP의 경우에는, 이상적인 연인을 관념적으로 찾는 INFP가 친절, 다정, 매너의 삼박자를 갖춘 ESFJ를 처음 보고 이상형을 만났다고 생각한다. ESFJ는 작은 실수를 반복하고 일상생활에서 어설픈 모습을 보이는 INFP를 귀엽다고 생각하며 챙겨주는 경우가 많다. 하지만 사귀는 시간이 길어질수록 INFP는 ESFJ의 현실적인 면모를 발견하고, 천상에서 지상으로 내려오게 된다. ESFJ도 INFP의 공상의 세계를 감당하기 힘들어 하며, 관계에 대해 현실적인 고민을 시작한다.

INFP는 예절이나 형식에 신경을 쓰고, 행사나 기념일을 좀 더 세심하게 챙기도록 한다. 상대방이 자신과는 다른 방식으로 세상을 바라본다는 것을 미리 깨닫고 이 점을 각오하고 만난다면 해결책도 쉽게 눈에 보일 것이다.

ENFJ ♥ ESFJ

ESFJ와 ENFJ는 비슷한 점이 많다. 둘 다 사교적이고, 친절하며, 다른 사람들에게 좋은 인상으로 다가선다. 실제로 매우 선량하기도 하다. 두 유형은 손발이 잘 맞는 '단짝'처럼 지낼 수 있다. 둘 다 외향적이라서 말을 많이 하고, 서로 대화의 주도권을 잡으려고 한다면 피곤해질 수 있다. 또 ENFJ는 보기보다 혼자 있는 시간이 꼭 필요하므로, ESFJ가 ENFJ의 개인적 사색 시간을 보장해주도록 한다.

ENFP ♥ ESFJ

ESFJ와 ENFP의 경우, 처음에는 서로를 신기하게 본다. ESFJ는 ENFP를 보면서 '저렇게 태평하게 살다니, 대체 어쩌려고?'라고 생각하며 놀랄 수 있다. 그러면서 ESFJ는 자신도 모르게 ENFP를 챙기는 경우가 많다. 반대로 ENFP는 ESFJ를 보면서 '왜 저렇게 빡빡하게 사는 걸까?'라고 의문스러워한다. 그러다가 ESFJ의 풍부한 보살핌에 매료된다.

이들은 세심한 부분을 잘 챙기고 현실적인 ESFJ와, 무해하게 ESFJ의 도움을 받아들이는 ENFP의 황금 조합이다. ENFP는 사회적인 안정성보다는 즉흥적인 모험을 사랑하는 자유주의자지만, ESFJ에 진정한 사랑을 받으려면 조금씩 사회적인 모습을 갖추려고 노력해야 한다.

SP 기질과 ESFJ 유형

ESFJ는 사람들과 잘 어울리는 것처럼 보여도, 자기가 해야 할 일을 잊는 법이 없다. 모든 것에 연연하지 않고 규칙에 얽매이지 않고 잘 노는 SP 기질과는 정 반대 성향이다.

ESFJ와 SP 기질이 만나면 서로의 부족한 점을 채워주는 찰떡 인연이 될 수 있다. SP를 만나면서 ESFJ는 마음의 짐을 더 내려놓고 신나게 삶을 즐기는 법을 배운다. SP는 ESFJ의 배려와 따뜻한 보살핌에 삶의 안정과 질서를 찾는다. 유형별로 좀 더 자세히 알아보자.

ISTP ♥ ESFJ

ESFJ와 ISTP는 단체 생활이나 사교 모임에 대해 서로 이해하고 넘어갈 수만 있다면, 잘 맞는 커플이다. ESFJ는 친절하고 사려 깊은 연인이고, ISTP는 쿨하고 제멋대로인 것처럼 보이면서도 유쾌하고 진지한 연인이다. 가끔 똑똑한데 제멋대로인 아이 같기도 하다. ESFJ는 최대한 ISTP의 독립적인 면을 보장해줄 필요가 있다. ISTP의 느긋함과 ESFJ의 다정함은 '꿀 조합'이다.

ISFP ♥ ESFJ

ESFJ와 ISFP는 둘 다 동정심이 강하고, 약자를 잘 보살핀다. 두 유형 모두 긍정적 에너지로 가득한 유형이다. 이들은 따뜻하고 예쁜 연애를 한다. 하지만 시간이 흐를수록 ESFJ는 ISFP의 이불 사랑을 아쉬운 눈으로 바라보게 되고, 자기가 필요할 때 연인이 항상 옆에 있지 않아서 서운함을 느낄 수 있다.

극단적인 경우이긴 하지만, ISFP는 혼자만의 즐거운 시간을 방해하는 ESFJ로부터 도망치고 싶어 할 수 있다. ESFJ는 사랑한다면 항상 함께하고 싶어 하는 유형이고, ISFP는 고양이처럼 독립적인 면이 있기 때문이다. 오래도록 좋은 관계를 유지하려면, ESFJ는 ISFP의 개인주의적인 면을 이해할 필요가 있다. ISFP는 ESFJ에 좀 더 솔직하게 자신의 욕구를 밝히면 좋다.

ESTP ♥ ESFJ

ESFJ와 ESTP는 얼핏 보기엔 둘 다 사교적이다. 그러나 자기관리 면에서는 개미와 베짱이의 만남과 비슷하다. 친근한 모범생과 잘 노는 개그맨의 만남이랄까. 둘 다 일상적인 대화를 즐기면서 유머의 티키타카를 즐기는 느긋한 유형이니만큼, 다양한 데이트를 하고 새로운 체험을 하면 좋다. 다만 ESFJ는 은근히 고지식하고, ESFP는 마성의 설득력이 있기 때문에 ESFJ

가 자기주장을 내세우지 못하고 ESTP에 휘둘릴 가능성이 있다. 혹은 ESFJ가 원리원칙을 따지면서 ESTP의 충동적인 면에 잔소리를 거듭할 수도 있다. 오래도록 좋은 관계로 지내려면, ESFJ는 자기 의사 관철을 더 하도록 하고, ESTP는 ESFJ가 싫어할 만한 행동은 하지 않도록 조심한다.

ESFP ♥ ESFJ

ESFJ와 ESFP의 경우, ESFJ가 ESFP를 챙겨주는 관계다. ESFP는 유달리 충동적이고 해피바이러스로 가득 차서 덤벙댄다. 이런 ESFP를 걱정해서 ESFJ는 매번 이 유형을 챙겨주고 보살펴준다. ESFP는 자기 관리가 뛰어난 ESFJ를 보면서 신기하게 여긴다. 두 연인은 서로의 단점을 커버해줄 수 있는 좋은 관계다. ESFP는 서프라이즈를 좋아하는데, ESFJ는 미리 준비된 이벤트를 좋아하는 편이다.

SJ 기질과 ESFJ 유형

ISTJ ♥ ESFJ

ESFJ와 ISTJ는 차분하게 연애하고 서로를 신뢰한다. 한 가지 문제는 ISTJ가 유달리 직설적이거나 논리력을 앞세울 경우에, ESFJ가 상처받을 수 있다는 점이다. ESFJ는 감정적 상처를 깊게 받으면 두 번 다시 그 사람을 보지 않으려고 할 수도 있다. ISTJ는 직설적으로 말하기보다는, 상황에 따라 부드럽게 말을 잘 전달해서, 온화한 의사 소통을 하도록 한다.

ISFJ ♥ ESFJ

ESFJ와 ISFJ는 둘 다 상대방을 세심하게 잘 보살피는 유형으로, 가족중심주의 적인 면도 비슷하다. 이들이 연애하면 서서히 서로에게 스며들면서 신뢰성 넘치는 관계로 발전한다. 결혼하더라도 다정하고 서로 배려해주는 관계를 유지한다. 둘 다 기념일을 잘 챙기고, 상대를 배려하면서도 알뜰하게 자금 관리를 하므로, 경제적인 면에서도 걱정할 일이 없다.

ESTJ ♥ ESFJ

ESFJ와 ESTJ의 경우, 협조자와 관리자의 만남이다. 한 명은 사람들 사이에서 조율을 잘하고, 한 명은 업무적인 조율을 잘 한다. 다만 ESTJ가 일에 집중하느라 ESFJ에 관심을 충분히 쏟지 못한다면, ESFJ가 섭섭함을 느낄 수 있다. 왜냐하면 ESFJ에 가장 우선적인 것은 연인과의 관계이기 때문이다. ESFJ는 잡답을 좋아하고, ESTJ는 간결한 의사소통을 좋아하기 때문에,

대화 방식도 서로가 불편하게 느낄 수도 있다. 그런데도 둘 다 사랑하는 사람을 진지하게 대하고, 결혼까지 생각하면서 만남을 이어가는 편이라서, 서로에 대한 신뢰도는 높다.

ESFJ ♥ ESFJ

ESFJ끼리의 연애는 다정한 사람과 가족주의의 만남이다. 서로 비슷하기 때문에 잘 맞지만, 뜻밖의 매력을 느끼기는 어렵다. 가정을 꾸미게 되면 안정적이면서도 사랑과 절제가 공존하는 모범적인 가정을 가꾸게 될 것이다.

#ESFJ_유형_연애는?

1. 만나면 행복해지는 인간 비타민.
2. 내가 널 챙겨 줄게, 집사의 연애.
3. 알고 보면 '유교적인' 연인.

ESFJ 유형과 연애 궁금증①

"ESFJ가 사랑이 식지 않도록 하려면 어떻게 해야 할까요?"

첫째는 '감사하다', '고맙다'라는 말을 자주 해주는 것이다. ESFJ는 자신이 피곤해도 연인부터 신경 쓰는 유형이다. 그런데 그런 노력을 연인이 몰라주고 고맙다는 말 한마디도 하지 않고, 당연하게 받아들일 때 서운함을 느낄 수 있다. 피곤한데도 불구하고 차로 연인을 마중 나가거나 배웅하고, 기념일마다 홈메이드 간식과 초콜릿, 3단 도시락까지 준비했는데, "네가 좋아서 한 일이잖아."라고 말한다면 깊은 상처를 입을 것이다. ESFJ가 자기 노력을 자랑하거나 내세우지 않더라도, 칭찬해달라고 말하지 않더라도, 매번 이들의 노고에 감사를 표현하면 좋다. 정성이 담긴 손 편지나 마음을 담은 문자와 작은 기프티콘만으로도 이들은 감동한다. ESFJ 유형에게는 칭찬과 격려라는 적절한 보답이 꼭 필요하다. 그리고 사소한 일상이라도 함께 공유하는 것이다. 같이 만나지 못할 상황이더라도 마음만은 항상 같이 있다는 메시지를 전달하는 게 중요하다. 마지막으로는 ESFJ의 가족이나 친구들과 함께 어울리고, 그들에게도 좋은 인상을 주는 것이다. ESFJ가 원한다면, 더블 데이트를 하거나 연인의 친구들과 함께 여행을 가는 것도 괜찮다.

♥ ESFJ 유형과 연애 궁금증② ♥

"ESFJ와 연애하면서 조심할 점이 있나요?"

ESFJ는 계획적이고, 만남 자체를 즐기기 때문에 이들이 좋아할 만한 모임이나 경치가 좋은 맛집을 찾았다면, 예약하고 만반의 준비를 하는 게 좋다. ESFJ는 그런 상대의 노력에 감사하고, 상대방을 신뢰할 만한 사람이라고 느낀다.

데이트 중에는 ESFJ가 말하는 대화 주제에 맞춰서 적절한 리액션도 필요하다. ESFJ는 대화가 잘 통하고, 유머 감각이 있으며, 자기 말을 재미있게 들어주는 상대에게 호감을 느낀다. 개인적인 연락을 할 때 ESFJ는 다양한 이모티콘으로 풍부한 감정표현을 한다. 이모티콘을 잘 활용하는 것도 좋다. ESFJ는 기념일이나 특별한 날을 연인과 함께 보내고 싶어 한다. 이때 아름다운 꽃다발과 손 편지 등을 준비하면 좋다. 상대의 정성과 진심에 감사할 것이다.

그리고 제멋대로 행동하지 않도록 조심한다. 사소하게는 영화관에서 무음 설정을 안 해서 다른 사람들에게 피해를 준다거나, 공공장소에서 크게 떠든다든지 하는 행동도 포함된다. ESFJ와 약속을 하면 가능하면 시간을 잘 지키고 시간을 엄수하기 힘들 때는 미리 늦는다고 연락을 보내는 등, 사회적인 매너에 충실하자.

ISTP

✿ 뜨거운 커피 위에 차가운 아이스크림 아포가토 ✿

ISTP _잇팁

누군가 간섭하면 "내가 알아서 할게"라고 말하고, 남들이 호들갑을 떨 때도 "굳이 뭐 그렇게까지"라면서 흥분과는 담을 쌓은 유형, 바로 ISTP 유형이다.

독립적이고, 시니컬하고, 타인과 관계 맺기를 싫어하며, 친한 친구라도 자주 연락하지 않는다. 연애는? 자신만의 기준이 있지만, 그 기준에 맞는 사람에게도 적극적으로 나서진 않는다.

그럼 뭘 하냐고? 자신만의 시간을 즐긴다. 스릴 넘치는 게임을 하거나, 잠을 자거나, 뭔가 재미있는 일에 몰두한다. 밖에 외출할 때도, 누군가에게 만나자고 하기보다는 혼자 돌아다니는 걸 더 좋아한다. 친구들 모임에도 관심 없다. 남들과 함께하기 보다는 혼자가 훨씬 편한 유형이다. 실제로 홀로 머리를 짜내고 몸으로 부딪히며 문제를 해결하는 스파이 액션 영화의 주인공은 ISTP인 경우가 많다.

이 유형의 특징이 한 가지 더 있다. ISTP 유형은 직설적으로 말한다. 반대로 상대방이 비난해도 침착하게 받아들인다. 주변에서 갈등이 벌어져도 중립적인 태도를 유지한다. ISTP 유형은 쉽게 감정에 동요되지 않는다. 또 현실적인 즐거움과 자극을 좋아하는 SP 기질답게, 재미있는 일이 아니라면 굳이 움직이지 않는다.

이런 특성이 연애에 적용되면 어떤 일이 벌어질까?

오감이 뛰어나고 시각적 자극에 쉽게 움직이는 유형이기 때문에, 상대방의 외모가 눈에 잘 들어온다. 그런데도 막상 사귀기 시작하면 만사가 귀찮은 것처럼 느리게 반응한다. 사교 모임을 좋아하지 않아서 연인의 가족이나 친구들과 만나는 자리도 불편해한다. 솔직하게 말하는 편이라 연인에게도 필터링 없이 말한다. 오글거리는 상황을 참지 못하기 때문에 미사여구로 가득한 애정 표현도 좀처럼 하지 않는다.

ISTP는 쉽게 먼저 사랑을 시작하지 않을 뿐 아니라, 누군가가 다가와도 잘 반응하지 않으며, 한번 돌아서면 냉정하다. 차가운 '아이스크림' 사랑이라고 할 수 있다. 그런데 이런 쿨내 진동하는 모습이 이들 모습의 전부일까?

ISTP 유형의 사랑은 그냥 아이스크림이 아니라, 뜨거운 커피 위에 차가운 아이스크림을 올린 아포가토다. 그윽한 커피 향 속에서 녹아내리는 아이스크림처럼, 사랑에 빠진 모습은 촉촉하고 부드럽다. 이 유형은 '겉차속따(겉은 차갑고 속은 따뜻한)' 연인이다. 겉으로는 무뚝뚝한데, 속정이 깊어서 말없이 행동으로 무심한 듯 다정하게 연인을 챙겨준다. 연인 앞에서는 귀엽고 사랑스러운 모습을 보여줄 때도 있다.

만약 ISTP 유형을 짝사랑한다면 어떻게 접근하는 게 좋을까?

이 유형은 SP 기질답게 외면적인 '멋짐'에 대한 욕망이 큰 편이다. 자신만의 외모 스타일 기준을 갖고 있다. 첫눈에 마음에 들지 않는다면 ISTP의 마음을 끌기가 어렵다. 또 나서서 만남을 주도하는 편은 아니기 때문에 연애에서 '리드당하는' 경향이 있다.

당장 해야 할 일은 ISTP에게 적극적으로 다가면서 자주 만나는 기회를 만드는 일이다. 이 유형은 상대가 밀당이 아니라, 당기고, 당기고, 또 당길 때 관계 속으로 발을 들이미는 경우가 많다.

밀당을 한다고 전략적으로 밀어내면, 한번 밀릴 때마다 지구 반대편까지 밀려나 버린다. 그래서 이 유형과 사귀고 싶다면 능동적으로 자주 연락해서 얼굴을 보고, 만날 때마다 밝고 세심하게 챙겨주는 모습을 보여야 한다. 물론 이 순간 판단을 잘해야 한다. 마음에 전혀 없는 사람이 밀어붙이면, ISTP는 정색하며 더 확실하게 철벽을 쌓는다. 최소한 외모도 싫지 않고, 성격도 호감이 가는 상대여야 한다.

대신 일단 사귀게 되면, 자신이 선택한 상대의 모습에 만족하고 바꾸려고 하지도 않는 관대한 연인이 된다. 강요하는 법도 없고, 간섭하거나 잔소리하는 일도 없다.

특히 ISTP는 소유욕이나 독점욕이 없는 편이다. 질투나 집착도 하지 않는다. 최소한의 관심으로 인간계를 살아가고자 하는 방관자 ISTP 유형은 연애에서마저 방관자 역할이다. 오는 사람은 막지 않고, 가는 사람도 붙잡지 않는다. 좋은 인연이 아니면 떠날 뿐이다.

이들은 간결하고, 실용적인 사람이다. ISTP 유형과 연애한다면 아름다운 시를 지어 건네거나 분위기 있는 카페에서 촛불을 켜고 기념일을 축하할 필요는 없다.

또 ISTP의 두드러진 특성 중 하나는 입에 지퍼를 달고 산다는 것이다. 특히 부정적인 얘기나 자기 걱정거리는 연인에게도 털어놓지 않는다.

이 차가운 연인은 갈등이 걷잡을 수 없이 커졌을 때 도리어 매우 냉담해진다. ISTP가 이별을 고하는 순간, “대체 내가 뭘 잘못했는데?"라고 묻고 싶겠지만, 이들이 헤어지기로 결심했다면 되돌릴 수는 없다. 한 번 녹아버린 아이스크림은 원래 모양으로 돌아갈 수 없으니까.

다른 기질과의 관계를 보면서 ISTP 유형의 연애를 좀 더 상세하게 알아보자.

NT 기질과 ISTP 유형

NT 기질은 합리적인 면에서 ISTP와 통하는 부분이 많다. 단, 현실성(S)과 직관성(N)이 서로 달라서 그 차이가 커질수록 서로를 이해하기 어렵다.

INTJ ♥ ISTP

ISTP와 INTJ는 관심사만 비슷하다면 잘 통하는 관계고, 서로 현실적인 지적을 가감 없이 해줄 수 있는 관계다. 단 ISTP는 백과사전형 지식을 추구하고, INTP는 철학자형 지식을 추구하기 때문에, 오래 만날수록 서로 호기심을 충족시키지 못할 수 있다.

INTP ♥ ISTP

ISTP와 INTP는 닮은 점이 많다. 한쪽은 오감이 뛰어나고, 한쪽은 상상력이 뛰어나서 서로를 흥미롭게 볼 수 있는 관계다. 가볍게 친구처럼 사귄다면 재미있을 수도 있지만, INTP의 상상력이 흘러넘칠 때 ISTP가 과부하에 걸릴 수 있다. 깊이 있게 들어갈수록 통하는 느낌을 받기 어렵다. 무엇보다 둘 다 타인에게 무관심하고, 주도적이지 않기 때문에 연애를 시작하기조차 어려울지도 모른다.

ENTP ♥ ISTP

ISTP와 ENTP는 방목하는 연애가 가능하다. 둘 다 집착이 없고, 상대방을 있는 그대로 받아들인다. 단지 ENTP의 발명가적 특성이 강할수록 ISTP가 점차 혼란 속에 빠질 수 있다.

ENTJ ♥ ISTP

ISTP와 ENTJ가 만난다면 ENTJ의 적극적인 주도로 연애가 순조롭게 흘러갈 것이다. ISTP의 전문가적인 면과 ENTJ의 능력자 같은 면이 상호 믿음으로 연결될 수 있다. 서로의 시간개념과 삶의 방식(준비성, 마무리)만 조율할 수 있다면 다툼은 없다.

NF 기질과 ISTP 유형

감성이 풍부한 NF 기질은 거침없는 ISTP의 태도와 말투에서 상처를 입을 수 있다. 둘 사이의 연애는 ISTP가 얼마나 상대의 감정을 신경 쓰는지, NF가 얼마나 객관적이고 합리적인 시각으로 이 유형을 받아들일 수 있는지가 중요하다.

INFJ ♥ ISTP

INFJ와 ISTP도 관심사와(N/S), 애정 표현 방식(F/T)이 다르다. 하지만 공감력이 발달한 INFJ가 ISTP 내면의 따뜻함을 감지하고 믿어준다면, 둘 사이의 관계는 서서히 시작될 수 있다. 무엇보다 둘 다 개인주의적인 면이 강해서 마치 두 마리의 길고양이가 만난 듯 서로 개인적인 삶을 누리면서 연애할 가능성이 높다. INFJ는 ISTP의 솔직함과 전문성을 존중하고, ISTP는 INFJ의 공감력 안에서 편안함을 느낀다.

INFP ♥ ISTP

ISTP와 INFP의 연애는 현실적 시각과 추상적인 상상력의 만남이다. INFP가 첫 만남부터 ISTP에게 내면의 이야기를 나누자고 하면, ISTP는 도망갈 것이다. 처음에는 가볍고 친근하고 부담 없이 만남을 시작하면서 상대방의 오감을 충족시켜주는 데이트를 하도록 한다. 감각적인 데이트를 하면서, ISTP가 잘하는 부분을 구체적으로 칭찬해준다면, 그(그녀)는 INFP에 친근함을 느낄 것이다. ISTP도 상대방의 감성적인 부분을 인정해준다면 서로 갈등을 일으킬 일은 별로 없다.

ENFJ ♥ ISTP

ISTP와 ENFJ는 서로에게 보완적으로 도움이 되는 관계다. 현실적이고 상식적인 ISTP에게 ENFJ의 직관적인 세계는 뜬구름처럼 보일 수 있다. 하지만 따뜻하게 타인을 감싸안는 ENFJ에 서서히 스며들 수도 있다. 자신에게 부족한 면을 ENFJ 유형이 갖고 있기 때문에, 만약 매력을 느낀다면 걷잡을 수 없이 ENFJ의 감성 세계에 빠져들지도 모른다. 그러나 서로의 모습을 부정적으로만 받아들인다면, 상대방을 전혀 이해하지 못하고 외면할 가능성도 있다.

ENFP ♥ ISTP

ISTP와 ENFP는 묘하게 친해지기 어려운 관계다. ENFP는 급발진하거나 뜬금없이 사랑에 빠지는 경우가 많다. 더구나 ENFP는 좋아한다면 상대방의 영역에 무심결에 발을 쑥 집어

넣는 유형(상대방 입장에서는 사생활 침범)이라서 ISTP가 피곤하게 느낄 수도 있다. 반대로 감성 과다인 ENFP는 ISTP의 직설적 말투에 눈물을 쏙 뺄 수도 있다. 그런데도 서로 완전히 다르기에 매력을 느끼고 사랑에 빠져들기도 한다. 연애 중에 ISTP는 자신의 애정 표현을 더 많이 하도록 노력하고, ENFP는 감정적 하소연을 하지 않도록 조심한다.

SP 기질과 ISTP 유형

ISTP는 가장 단순하고 효율적으로 사고하는 유형이기 때문이다. ISTP는 같은 SP 기질과는 놀이 친구 같은 연인이 된다. 스릴이나 즉흥성을 좋아하고, 격식을 싫어하며, 물질적인 부분에 돈을 아끼지 않는 면도 닮았다.

ISTP ♥ ISTP

ISTP끼리의 연애는 아무도 주도하지 않아서 시작 자체가 어려울 수 있다. 연애를 시작한다면, 서로를 잘 이해할 수 있어서 연락의 빈도 문제로 다툴 일은 없을 것이다.

ISFP ♥ ISTP

ISFP와 ISTP는 둘 다 느긋하고 개인주의적이라서, 한 집에서 베란다와 마루에 누워 햇볕을 쬐는 고양이처럼, 각자의 생활을 유지하며 만족스러운 연애를 할 수 있다. 대화 소재도 잘 맞는 편이다. 유일하게 갈등을 일으킬 수 있는 부분은 감정(F)과 사고(T) 부분이다. 둘 다 회피 성향이 있기에, 감정과 사고가 부딪쳐서 서운함이 커지면, 갑자기 등을 돌릴 수 있다. 오해나 감정 상처로 인한 연락 두절에 주의한다. 평소에 솔직하게 서로의 감정을 그때그때 말하고 푸는 게 중요하다.

ESTP ♥ ISTP

ESTP와 ISTP도 통하는 점이 많다. 자극과 재미로 가득한 아찔한 연애를 할 수 있다. 외향성과 내향성이 다를 뿐, 나머지가 모두 같은 이 두 유형은 스릴을 추구하고, 자신만만하고 재미있으며, 유머 감각이 넘친다. 더구나 둘 다 이성적이라서(T) 서로의 감정 문제로 다툴 일도 적다. 단 외부적인 모임이나 활동에 관심이 많은 ESTP의 '하이 텐션'에 ISTP가 피곤함을 호소할 수 있다.

ESFP ♥ ISTP

ESFP와 ISTP도 감각적이고 소비지향적이며 유흥을 추구한다. ESFP는 '인싸' 기질이 강하고, ISTP는 혼자 있는 시간이 필요한 유형이라서, 오래 연애하다 보면, 어느 순간부터 각자 시간을 보내고 있을 확률이 높다. ESFP가 친구들과 파티를 즐길 때, ISTP는 차라리 집에서 혼자 보내는 시간을 선호할 것이다. ESFP는 ISTP의 필터링 없는 말투에 위축되지 않도록 하고, ISTP는 ESFP의 '오지라퍼' 같은 면을 인정해줄 필요가 있다. 서로 삶의 방식을 인정한다면 큰 갈등이 없이 지낼 수 있다.

SJ 기질과 ISTP 유형

ISTP는 SJ 기질과는 보완적인 관계다. SJ 기질의 보호자 같은 면과 ISTP의 즉흥적인 면이 서로에게 도움이 된다. 얼핏 보면 부모와 자식 같은 관계 같기도 하다. 만약 ISTP가 반항적인 사춘기 자녀 같은 모습을 보이고, SJ가 잔소리 많은 부모 같은 모습을 보인다면 연인 관계는 최악으로 치달을 수도 있다.

ISTJ ♥ ISTP

ISTP와 ISTJ는 둘 다 이성적이고 해결 지향적이며 현실주의적인 면이 잘 맞는다. 다만 ISTJ는 계획과 약속 시간, 기념일은 제대로 지키는 걸 좋아하는데, ISTP는 규칙에 연연하지 않는다. 정리 정돈에 대한 부분도 갈등을 일으킬 수 있는 요소다. ISTJ의 여유로운 마음가짐이 좀 필요하다. ISTP는 보호자 역할을 즐기는 ISTJ에 작은 거라도 요청하거나 부탁한다면 ISTJ가 도움을 주면서 뿌듯해할 수 있다.

ISFJ ♥ ISTP

ISTP와 ISFJ는 ISFJ의 배려심과 계획성에 ISTP가 감탄하고, ISTP의 명료한 판단력과 문제해결 능력에 ISFJ가 든든함을 느끼는 관계다. 둘 다 내성적이라서 함께 있을 때 에너지를 빼앗길 일도 없다. 조용하고 차분하게 연애를 이어가면서 서로 공생할 수 있는 관계다.

ESTJ ♥ ISTP

ISTP와 ESTJ는 둘 다 명료하고 단순하며 연애에서 숨기는 부분이 없어서, 믿음직한 친구 같은 관계다. 실용적이면서 효율성을 추구하는 점, 하고 싶은 말은 직설적으로 하면서 간결한 의사소통을 하는 면도 잘 맞는다. 일에 집중할 때는 상대방의 연락에 일희일비하지 않기 때문에 연락 문제로 다툴 일도 없다. 그러나 ESTJ가 해야 할 일 리스트를 만들어서 ISTP를 통제할 때 갈등이 생길 수 있다.

ESFJ ♥ ISTP

ISTP와 ESFJ는 S(감각)을 제외한 다른 모든 글자가 반대기 때문에 가장 서로에게 도움이 되는 관계라고 할 수 있다. ESFJ의 사교성과 ISTP의 독립적인 면이 부딪칠 법도 한데, ESFJ는 상대방의 상황을 배려하고 다정하게 대해주며, ISTP도 상대방의 관심과 애정을 기쁘게 받아들인다. ISTP는 관계의 머리 역할을 하고, ESFJ는 몸통 역할을 해서, 결혼하더라도 기능적으로 각자의 역할을 수행한다. 혹시라도 ESFJ가 관심을 지나치게 많이 주면 귀찮아할 수 있으므로 주의한다. ESFJ는 ISTP의 개인 시간을 보장해주고, ISTP는 ESFJ에게 칭찬을 더 많이 해주고 고마움을 표현한다면 더 이상적인 관계가 될 수 있다.

#ISTP_유형_연애는? ♥

1. 굳이? 연애를?
2. 나는 나, 너는 너.
3. '츤데레' 연인-무심한 척 챙겨준다.

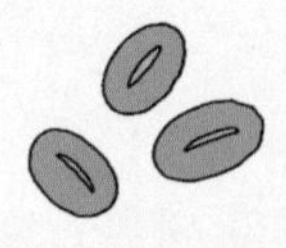

ISTP 유형과 연애 궁금증①

"ISTP의 호감 신호는 뭐죠?"

SP 기질인 ISTP는 자신의 연애 감정을 어떻게 표현할까? SP는 '행동'으로 보여준다. 이 유형은 언제든 연인을 위해 문제 해결사가 될 준비를 하고 있다. 개인적인 연락을 좋아하지 않는 ISTP가 꾸준히 연락하고, 빠른 답을 하고, 일부러 시간을 내서 만나려고 약속을 잡는다면, '그린라이트'라고 생각해도 좋다. 이들이 자기 친구나 개인적 공간, 취미까지 소개해주려고 든다면, 남은 일은 데이트뿐이다.

ISTP 유형과 연애 궁금증②

"ISTP는 일편단심인가요?"

ISTP에게는 밀당도, 문어발 연애도, 삼각관계도 불가능하다. 연애 자체도 귀찮은데, 더 불편한 관계를 만들어갈 이유가 없기 때문이다. 한 명과의 연애도 버거운데 문어발 연애라면 더 피곤할 걸 알기 때문에, 이들은 일편단심이 될 수밖에 없다. ISTP 유형은 밀당에서 감정적

소모를 느끼고, 삼각관계에서 정신적 피로감을 느낀다. 삼각관계가 될 조짐이 보인다면, 차라리 한 명과 먼저 깔끔하게 이별하고 나서 다른 연인을 사귄다.

ISTP 유형과 연애 궁금증③

"ISTP와 계속 좋은 관계를 유지하고 싶다면 어떻게 해야 할까요?"

혼자만의 동굴에서 아늑한기분을 만끽하고 싶은 ISTP에게 잔소리하거나, 더 자주 연락하라고 다그치는 건 비극의 서막이다. 이틀 내내 만나서 데이트하고, 평일에 또 3일 내내 데이트 약속을 잡는다면, 이들은 구속감을 느낀다. 최소한 주말 하루 정도는 혼자만의 자유 시간을 보장해주는 게 현명하다. 집돌이 집순이인 경향이 많기 때문에, 가끔 집 데이트를 제안하면 좋아할 것이다. 그렇다고 ISTP가 연인과 함께 집에서 휴식을 취했다고 생각하지 않는다. 이들은 쉴 때는 오롯이 '혼자서' 쉬고 싶어 한다.

ISTP가 연애 초기에는 연락해도 빠르게 답변하고, 자주 데이트 약속도 잡겠지만, 시간이 흐르면 본래의 나무늘보 같은 모습으로 돌아갈 수 있다. 자꾸 연락해서 감정적으로 서운함을 호소하는 건 의미 없는 일이다. 마음만 더 멀어질 뿐이다. 이 유형은 연인의 감정적 하소연에 쉽게 지친다.

Love
ISFP

✿ 연애는 좋지만 귀찮아 ✿

ISFP _잇프피

'귀차니즘'의 대명사 ISFP는 연애도 선뜻 먼저 시작하지 않는 편이다.

선하고, 배려심 많고, 매력적인 ISFP를 보면서 가슴 두근거려 하는 이성도 많지만, ISFP의 선택을 받기란 쉽지 않다. ISFP는 사랑을 먼저 시작하지 않고 지켜보는 편이고, 상대가 다가와도 갑자기 들이대면 놀라서 뒤로 물러서며, 연애를 시작하게 되더라도 마음을 주기까지 꽤 오랜 시간이 걸리기 때문이다. 마음에 신뢰가 쌓이지 않으면 쉽게 마음을 열지 않는다.

ISFP 유형은 말하자면 보송보송한 털을 가진 작은 아기 고양이 같다. 귀여운 아기 고양이를 품에 한 번 안아 보고 싶어 하는 사람들은 많겠지만, 아기 고양이는 커다란 눈으로 사람들을 관찰하면서 그 자리에서 움직이지 않는다.

ISFP 유형은 주로 본인이 행동력을 발휘하기보다는, 누군가 적극적인 이성이 이들을 리드하면서 연애를 시작하는 경우가 많다. 이 유형은 원래 감정(F)이 1차 기능이고, 감각(S)이 2차 기능이며, 열등 기능은 사고(T) 기능이다. 그러다 보니 공감력도 좋고 배려심도 많으며, 감각적으로 다른 사람을 관찰하고 반응하는 면은 뛰어나지만, 누군가에게 뭔가를 요청하거나 선택하고, 결정하는 것에는 취약하다. 아무것도 요구하지 않고, 타인을 바꾸려 하지 않는다.

이 유형을 다른 말로 배려형 개인주의자라고도 하고, 귀차니즘이 콩고물로 장착된 말랑 콩떡이라고도 부른다. 혹은 침대와 한 몸이 된 소소한 쾌락주의자라고 부르기도 한다.

이렇게 소극적이고, 조심성이 많은 유형과 사랑에 빠지고 싶다면 어떻게 하면 좋을까? 이들은 선하고 착한 사람에게 마음이 끌린다. 다른 사람에게 함부로 군다든지, 권위적인 태도를 보인다든지, 앞과 뒤가 다르게 행동하는 모습을 자주 보여준다면 사랑이 이루어질 확률은 점차 0%로 귀결된다. 또 이 유형은 연애 시작에만 미적거리는 모습을 보여주는 것뿐 아니라, 실제 연애를 하면서도 그렇게 적극적인 모습을 보이지 않는다. 가끔 연락해도 스마트폰을 무음으로 해두고 자기가 하고 싶은 일에 종일 몰두하는 경우도 많다. 원할 때 연락이 되지 않는다고 자꾸 불만을 토로하거나 잔소리하면 마음이 더 멀어질 수 있다. 이 유형이 가장 싫어하는 연인의 행동 중 하나가 바로 '강요'나 '훈계'이기 때문이다.

ISFP 유형에게 적극적인 사랑을 받고 싶다면 어떻게 행동하는 게 좋을까? 다정한 개인주의자이면서, 수시로 낮잠 자는 고양이처럼 자기 시간 관리에 느긋한 이들에게 간택을 받고 싶다면, ISFP의 연애 속도에 물 흐르듯 맞춰가는 게 좋다.

이 유형이 즉답하고 먼저 연락하는 경우도 가끔 있는데, 그 경우는 이들이 누군가에게 진심으로 반했을 경우다. SP 기질답게 자신만의 이상형에 대한 외적인 기준이 있는데, 특히 이들은 모든 유형 중에서 가장 감각적인 유형이라서, 오감에 끌리는 대로 매료되는 경향이 있다. 금사빠는 아니지만, 개인별로 취향은 확고하다. 자신이 생각하는 이상형의 분위기와 비슷한 사람을 만나면, 이들도 가슴이 두근거리고 연애로 다가서는 발길이 바빠진다.

혹시 자신이 ISFP의 이상형이 아니더라도, 무리하게 연애를 가속하지만 않는다면 연애는 순조롭게 이어질 수 있다. 이들에게는 명품이나 비싼 물건을 과시하듯 선물할 필요는 없다. 평소에 ISFP 유형이 좋아하는 것들을 살펴두었다가 취향에 맞는 소소한 선물을 해주는 편이 훨씬 어필할 수 있다. 가장 중요하게 신경 써야 할 점은 '배려심'과 '공감'을 보여주는 것이다.

ISFP 유형은 감정적으로 집착하지 않지만, 따뜻하고 편안한 분위기에서 최상의 만족감을 느끼는 편이다. 그래서 데이트할 때 훈훈한 분위기를 이어가는 게 중요하다. 이들이 말할 때 집중해서 들어주고 진심으로 공감해주며, 귀여운 아기 고양이를 쓰다듬듯이 애정과 칭찬을 보여준다면 행복감은 최상에 이를 것이다. 당연히 데이트도 만족스럽다.

ISFP 유형에게 다정한 말과 칭찬, 작은 선물과 관심으로 애정을 표현하는 건 매우 중요하다. 그렇다고 그만큼의 애정이 되돌아오는 것은 아니다. 데이트가 끝나고 헤어진 후 안부 인사를 건넸는데, 답장을 못 받거나 다음날 받을 수도 있다. 그렇다고 재촉하거나 전화해서 섭섭함을 토로하는 일만은 참아야 한다. "그럴 수도 있지"는 이 유형이 잘 사용하는 문장이다. 이들과 연애할 때는 "그럴 수도 있지"하는 마음으로 임하는 게 좋다.

적당한 거리와 배려와 온기가 ISFP 유형과의 연애 핵심 포인트다.

ISFP 유형과 연애할 때 꼭 알아야 할 사항은 이들이 좀처럼 불만을 말하지 않는 유형이라는 것이다. 원래부터 낙천적이고 선량한 면도 있지만, 자기 생각을 말해서 분위기를 무겁거나 불편하게 하고 싶지 않은 마음이 저변에 깔려 있다.

잘 되어가고 있는 관계인 것처럼 보일 때조차도, 이들의 생각에 귀 기울여야 한다.

예를 들어, 음식 메뉴를 정하거나 데이트 장소를 정할 때도 이들은 자기 고집을 내세우지 않는다. 하지만 말을 하지 않는다고 해서 자기 취향이 없는 건 아니다. 사실 이들은 누구보다도 자기 취향에 있어서 확고하고 고집스러운 면도 있다. 그러나 조화에 대한 욕망이 강하고, 무던하고 수용적인 면이 강해서 그저 말없이 다른 사람들의 견해에 따를 뿐이다.

"난 아무거나 괜찮아."라고 미소 지으면서 말했다고 할지라도, "넌 ××를 별로 안 좋아하잖아. 그러니까 ○○로 하자."라고 역제안을 하거나, 친구들과 함께 만났을 때 아무 의견을 내지 않으면 "넌 뭘 하고 싶어?"라고 의견을 다시 한 번 물어봐 주는 게 좋다.

만일 ISFP 유형이 뭔가를 말하고 싶었는데 상황상 그냥 넘어가는 일이 반복되고, 원하지 않는데 자꾸 당장 데이트를 나가야 하는 일이 반복되면 어떻게 될까? 혹은 연인이 이들의 생각을 무시하고 이기적으로 자신이 하고 싶은 대로만 행동하면 어떤 일이 일어날까?

그때도 이들은 상대방이 불편해할까 봐 아무 말 없이 미소를 짓겠지만, 어느새 마음은 저만치 썰물처럼 밀려나 있을 것이다. 다음에는 점차 연락을 늦게 받거나 받지 않는 일이 잦아질 수도 있고, 연락 두절이 될 수도 있다.

사실 비슷한 경우는 INFJ 유형에게도 일어난다. 이들이 뭔가를 계속 참다가 마음을 쾅 하고 닫아버리는 일이 생기는데 그를 가리켜 '도어 슬램'이라고 부른다. 그런데 ISFP 유형의 경우는 도어 슬램이 아니라 '도어 아웃'이라고 부른다. 마치 뒷걸음질하는 것처럼 점차 문에서 멀어진다. 이들은 결코 한순간에 문을 닫지 않는다. 그리고 "난 네가 싫어"라고 말하지 않는 경우가 많다. 그저 자꾸 뒷걸음질 쳐서 어느 순간 전혀 모습이 보이지 않는 벽 뒤로 숨는다. 서서히 멀어지는 것이다. 어떻게 보면, 이별할 때 ISFP는 거북이처럼 보인다. 목과 손과 다리를 갑옷 같은 껍데기 속에 숨기고, 그 안에서 말없이 상대가 곁을 떠나기까지 오랜 시간을 참는다.

가장 안 좋은 이별 단상은 이런 잠수 같은 상황이 반복되다가 결국 헤어지는 것이다. 이때도 ISFP 유형이 먼저 이별을 말하는 경우는 별로 없다. 이들은 말이 아니라 행동으로 자신의 마음이 떠났다는 것을 은연중에 내비친다. 성미가 급한 유형들은 ISFP가 이렇게 질질 끌면서 이별하는 방식에 진력을 내는 경우도 있다.

가끔 연락 두절이 될 때도 있는데, 이때 마음이 떠났다고 섣불리 판단하는 것은 곤란하다. 이들은 연애를 좋아하면서도 귀찮아한다. 무례해지고 싶어서 무례한 태도를 취하지는 않는다. 이들은 일일이 연락하고 보고하는 것을 매우 귀찮게 생각한다. 조금 남들보다 느긋한 귀차니스트라서 어디선가 흐물흐물 녹아가면서 바닥과 한 몸이 되어 있다.

ISFP 유형은 혼자만의 시간을 매우 사랑한다. '일상의 작은 행복을 누리는 현실주의자'가 이들의 모습이다. 그게 혼자만의 TV 시청일 수도 있고, 게임일 수도 있으며, 수공예로 뭔가를 만들거나, 요리하는 시간일 수도 있고, 귀여운 인형을 끌어안거나, 디저트를 먹는 시간이 될 수도 있다. 그런 일에 집중하다가 적당한 답장의 시기를 놓치는 일이 많다. 이 경우 예절이나 시간 약속을 중요하게 생각하는 유형은 ISFP의 이런 행동이 성의가 없어서 벌어지는 일이라고 생각할 수도 있다. 하지만 ISFP 유형에게 연락이나 답장은 그렇게 큰 무게를 갖고 있지 않다.

이들과 연락할 때는 직접 전화를 하기보다는 문자를 활용하는 편이 좋다. 자신이 뭔가를 하고 있을 때 방해받고 싶어 하지 않고, 오랜 통화를 피곤하게 생각하며, 전화로 응대하는 시간을 불편하게 느끼는 경우가 많기 때문이다.

좀 더 자세한 내용은 기질별 유형별 관계를 통해 살펴보자.

NT 기질과 ISFP 유형

ISFP는 타인의 감정을 신경 쓰고 배려하는 유형이다. NT 기질은 사람보다 논리를 더 중요하게 생각할 때가 있다. 한마디로 "이게 옳잖아."라는 생각이 들면 자신의 의견을 바로 말하기도 한다. ISFP와 연애할 때만은 이들의 감정을 보호해주도록 한다. ISFP와 NT 기질이 잘 맞는 지점은 상대의 시간에 대한 배려심이다. 둘 다 자기 시간을 각자의 방법으로 보내며 행복감을 느끼는 편이라서 서로 간섭하지 않는다.

INTJ ♥ ISFP

INTJ와 ISFP의 경우, INTJ도 개인주의 성향이 강하고, ISFP도 혼자만의 달콤한 시간을 즐기는 유형이다. 서로 집착하거나 섭섭해하는 일 없이 여유 있는 연애를 할 수 있다. 두 유형 모두 친해지기 전까지는 경계심 많은 고양이 같은 면이 있어서, 서로 반하더라도 쉽게 연애로 이어질지는 미지수다.

연애를 하게 되면 ISFP는 INTJ의 진지한 모습과 태도에 매력을 느끼게 되겠지만, 사귀는 시간이 길어질수록 대화의 어려움을 느끼게 된다. ISFP가 원하는 만큼의 애정 표현을 받지 못해서 썸 타는 동안에 의구심을 가질 수도 있다. 하지만 각자의 개인주의적인 면을 수용하고, 굳이 서로를 변화시키려고 하지 않는다면, 각자의 모습대로 연애를 지속할 수 있을 것이다. 결혼하더라도 각자의 방에서 원하는 방식으로 시간을 보내게 될 수 있다.

INTP ♥ ISFP

INTP와 ISFP 유형의 경우, 두 유형 모두 연애를 적극적으로 시작하는 편이 아니라서 서로 매력을 느끼더라도 정체 상태일 가능성이 크다. 실제로 사귀게 되면 또 다른 문제가 기다리고 있다.

사고 기능(T) 이 1차 기능인 INTP와 감정 기능(F) 이 1차 기능인 ISFP는 서로에게 기대하는 바가 달라서 갈등을 느끼게 될 수 있다. 주로 ISFP가 INTP의 무심한 말에 섭섭함을 느끼면서 혼자 마음을 삭이게 될 가능성이 크다. ISFP는 섭섭함을 느껴도 가능하면 말하지 않는 편인데, INTP는 섭섭한 일이 있더라도 잘 잊어버리는 유형이다. 서로 감정(F)과 사고(T)의 점수 차이가 적을수록 관계가 더 좋고, 사회화가 잘 된 INTP 유형이라면 ISFP도 서운함을 느끼는 일이 줄어들 것이다.

INTP는 어려운 문제나 형이상학적인 소재의 대화를 좋아하는데, 굳이 ISFP를 만나서 난제를 제기하고 풀어보자는 식으로 제안하지 않도록 한다. ISFP도 자신이 좋아하는 소소한 일상 재미를 함께 누리도록 제안해 본다.

ENTP ♥ ISFP

ENTP와 ISFP는 ENTP의 대시로 연애를 시작하는 경우가 많다. 재미있게 말도 잘하고 데이트도 리드하며, 상대를 불편하게 간섭하지 않는 ENTP에 ISFP도 매력을 느낀다. 하지만 역시 서운해도 말을 못하고 마음만 상한 상태인 ISFP와 할 말은 다 하는 ENTP의 연애는 어느 순간 갈등을 겪을 수 있다. ENTP는 더 많은 다정한 애정 표현을 하고, 직설적인 발언에는 주의할 필요가 있다. ISFP는 마음에 생채기가 나면 그때마다 현명하게 연인에게 말하고 서로 푸는 게 좋다. ENTP는 뒤끝이 없는 편이고 합리적이라서, 상대가 감정적이지만 않게 말한다면 요청을 수락하는 경우가 많다.

ENTJ ♥ ISFP

ISFP와 ENTJ는 얼핏 보면 완벽한 반대 유형이라서 잘 안 맞을 것 같지만, 반대라서 도리어 잘 맞을 수 있다. 서로에게 가장 보완적인 관계가 될 수 있기 때문이다. ENTJ가 좀 더 너그러운 마음으로 부드러운 표현을 하고, ISFP가 ENTJ의 도전적인 면을 장점으로 수용한다면, 둘은 서로에게 발전적인 관계가 될 수 있다.

서로 잘 안 맞는 경우라면 ENTJ가 완고하게 ISFP를 윽박지르거나 자기식으로 관계를 리드할 수 있다. 하지만 대부분의 경우, ENTJ는 ISFP의 여린 감성을 사랑스럽게 생각하고 챙겨주며, ISFP는 자신과 다르게 똑 부러지고 믿음직한 ENTJ를 보면서 존경심을 느낀다. ISFP의 재능을 사회에 펼칠 수 있도록 도움을 주는 유형도 ENTJ다.

NF 기질과 ISFP 유형

NF 기질과의 연애는 표현 방식에 있어서 묘하게 이상 vs 현실로 어긋날 수도 있는데, 대신 모두 진심으로 연애하는 편이라서 서로에 대한 신뢰는 크다. 특히 NF는 SP인 ISFP의 관능성에 매료되는 경우가 많고, ISFP는 NF의 햇살 같은 애정 표현에 자신도 모르게 연애 속으로 빠져드는 경우가 많다.

INFJ ♥ ISFP

ISFP 유형과 INFJ 유형은 두 유형 모두 간섭이나 통제를 매우 싫어하고 상대방의 사적인 공간을 인정해주기 때문에 잘 지낼 수 있다. ISFP 유형의 아기자기한 현실 감각과 느긋함 덕택에 INFJ는 마음의 평온을 얻는다. 단 (I/E)SFP 특유의 느긋하고 무계획적인 면이 지속되고 INFJ 유형이 결정이나 계획을 떠맡게 되면, 장기적으로 INFJ가 피곤함을 느낄 수 있다. 그런데도 둘 다 관계에 진심으로 마음을 다하는 면이 있어서 서로에게 헌신하고 충실한 관계를 이어갈 수 있다.

INFP ♥ ISFP

ISFP와 INFP의 공통점은 배려심과 공감 능력이다. 둘 다 말을 예쁘게 하는 것도 공통적이다. 또 둘 다 게으르고 대기만성형이다. 대신 ISFP 유형은 훨씬 현실적이라서 아무것도 안 하면 불안해한다. 그래서 뭐든 하려고 한다. 연애한다면 예쁜 사랑을 하겠지만, 둘 다 느긋해서 아무도 적극적으로 나서지 않을 수 있다. 이상주의자 INFP가 ISFP의 현실적인 면을 부담스럽게 느끼면 어느 순간 마음이 식을 수 있다. INFP는 은근히 깊게 취미에 파고드는 마니아 성향이 있어서, ISFP가 현실에서 사소한 즐거움을 찾는 모습에 아쉬움을 느낄 수 있다.

ENFJ ♥ ISFP

ENFJ는 NF 중에서 가장 로맨틱하고 상대방에게 리액션이 좋다. ISFP와 감정적인 교류가 잘 맞는다. 두 유형 모두 감정이 1차 기능인데, ENFJ는 외향적이라서 ISFP보다 적극적으로 사랑에 다가선다. 언어적 표현이 가장 뛰어난 유형이다 보니, ISFP의 마음을 칭찬과 격려로 사로잡는다. ENFJ와 연애하면 ISFP는 훈훈한 난롯불 옆에서 추위를 녹이듯이 따뜻함을 경험할 수 있다. 단지 ENFJ는 가상의 상황을 가정하거나 상상력을 발휘하면서 즐거워하는 유형이고, ISFP는 지나치게 뜬금없는 상상이나 진지한 얘기에는 지루함을 느낀다. 대화의 소재나 깊이를 서로 조율할 필요가 있다.

ENFP ♥ ISFP

ISFP나 ENFP나 충동적이면서 감정적인 면도 두드러지는데, 그 결이 다르다. ISFP는 느긋하고 안정적인 관계에서 서서히 관계를 발전시키는 편을 좋아하는데, ENFP는 감정의 급물살을 타고 훨씬 더 빠르게 애정이 타오른다. 서로의 속도를 맞추지 못한다면 숨바꼭질이 시작될 수도 있다.

둘 다 순수한 마음으로 사랑하고, ENFP는ISFP가 좋아하는 다정한 애정 표현의 귀재라서 플러팅으로 어느 순간 열정적인 관계에 몰입해 있을 가능성이 크다. 두 유형 모두 자신만의 개인 시간을 소중하게 생각하기 때문에 연애할 때 각자의 시간을 존중해준다면 더욱 만족스럽게 연애할 것이다.

SP 기질과 ISFP 유형

SP 기질은 삶에서 '살아있음'을 추구하는 내적 '흥'을 지니고 있다. ISFP는 겉보기에는 수줍고 조심스러워 보일 수 있지만, 사실 즉흥적인 즐거움에 대한 욕구가 크고, 가슴 두근거리는 삶을 좋아한다. 평생 젊은이처럼 살고 싶은 SP 기질끼리 만나서 결혼하면 즉흥적으로 삶을 즐기면서 여유롭게 살아갈 수 있다. 사귈 때도 '찐친'끼리 어울려 놀듯이 행복한 분위기로 신나는 데이트를 할 수 있다.

ISTP ♥ ISFP

ISFP와 ISTP가 만나면 연애에 대한 기대감이 달라서 서로 이해하기 어려운 상황이 발생할 수 있다. 그러나 사랑에 빠지기는 어렵지만, 막상 사랑에 빠지면 ISFP는 연인에게 자상하게 대해주고 배려심 가득하다. 그만큼 상대방도 부드러운 태도로 자신을 배려해주면 더할 나위 없이 행복감을 느낀다. 그런데 ISTP는 사귀기 전이나 후에도 관계 자체에 연연하는 편이 아니라서, ISFP가 기대하는 만큼 세심한 애정 표현을 보여주기 어려울 수 있다. 또 ISFP는 자기 생각을 직설적으로 말하지 않는 편이라서, ISTP는 ISFP의 속을 짐작할 수 없어 답답하다는 느낌을 받기도 한다. 상대의 성향을 이해하고 맞춰간다면 관심사나 사고방식이 유사해서 재미있는 시간을 보낼 수 있다.

ISFP ♥ ISFP

ISFP끼리의 연애는 시작부터 어렵다. 어느 쪽도 먼저 다가가려고 하지 않을 가능성이 높다. 대표적인 고양잇과 유형이 ISFP, ISTP, INTP, INFJ, INTJ 유형이다. 이들끼리 연애 감정을 갖게 되면 이들 중에서 좀 더 적극적인 성격을 지닌 유형이 먼저 다가가게 된다. ISFP끼리의 만남도 마찬가지다. ISFP끼리 만나면 둘 다 이상형도 비슷하고 좋아하는 것, 시간을 보내는 방식도 비슷해서 또 한 명의 자신과 지내듯이 즐겁게 지낼 수 있다.

ESTP ♥ ISFP

ISFP와 ESTP는 ESTP의 리드로 다양한 체험을 하면서 변화무쌍한 데이트를 즐길 수 있다. 장난꾸러기 ESTP가 ISFP를 놀리거나 심한 장난을 칠 때, ISFP가 당혹스러워할 수 있다. 이때 ESTP는 전혀 상대방에게 상처를 입히려는 의도가 없었는데, ISFP 입장에서는 기분이 나쁠 수 있고, 상대가 무례하다고 생각하기도 한다.

ESFP ♥ ISFP

ISFP와 ESFP는 티키타카가 잘 맞지만, ESFP의 외향성이 강할수록 ISFP가 힘에 부친다고 생각할 수 있다. 집돌이, 집순이인 ISFP를 매번 밖으로 끌어내고, 많은 친구와 함께하는 자리를 즐기는 ESFP와의 연애에 ISFP는 기가 빨린다는 느낌을 받기도 한다. 둘 다 강요하지 않고 너그럽지만, 에너지의 온도가 달라서 서로를 배려할 필요가 있다.

SJ 기질과 ISFP 유형

SJ 입장에서는 ISFP의 느긋함을 배울 수 있고, ISFP 입장에서는 SJ가 보호자나 조정자 역할을 한다. ISFP와 SJ에는 서로 다른 점이 많아서 도리어 매력을 느끼는 관계이기도 하다. 다만 ISFP는 SJ의 안정적인 면과 매너를 좋게 보면서도, SJ적 특성이 과해져서 강요하고 간섭하는 특성이 두드러지면 피곤함을 느낀다. SJ 연인은 ISFP의 인생 방식에 관여하는 정도를 현명하게 조절할 필요가 있다.

ISTJ ♥ ISFP

ISFP와 ISTJ는 현실적이고 실용적인 것은 비슷하지만, 공감의 폭이 달라서 갈등을 겪을 수 있다. ISTJ 연인은 자기 관리를 중요하게 생각하고, 자신이 생각하는 틀에 맞춰서 연인도 맞추기를 원한다. 이런 점에 ISFP가 반발심을 가질 수 있다.

ISTJ가 애정 표현을 현란하게 하는 편은 아니지만, 연인에게는 항상 진심이고, 한 사람만 바라보는 유형이기 때문에, ISFP도 이런 점을 장점으로 인정하고 연애를 이어가면 좋다.

ISFJ ♥ ISFP

ISFP와 ISFJ는 겉보기엔 비슷해 보여도, 내면의 욕구는 전혀 다르다. ISFJ 연인은 자신보다 상대방의 감정을 먼저 살펴보고 배려하는 스타일인데, ISFP는 상대방을 배려하면서도 자신의 자율적인 면은 포기하지 않는다. 그래서 가끔 ISFJ는 ISFP 연인이 제멋대로라고 생각하기도 한다. 둘 다 속상한 일이 있어도 대놓고 말하지 않기 때문에 서로 관계 개선을 하기가 어려운 면도 있다.

하지만 따뜻하고 배려심 많은 연인을 이상형으로 꼽는 ISFP에 ISFJ는 가장 현실적으로 이상형에 가까운 연인이다. ISFJ가 데이트의 계획이나 인생 계획 등에서 주도적으로 관계를 이끌어가면서 서로 섭섭함을 느끼지 않는다면 찰떡 연인이 될 수 있다.

ESTJ ♥ ISFP

ISFP와 ESTJ는 서로에게 보완적인 관계로, 서로가 상대방의 장점을 인정하기만 한다면 발전적인 관계다. ESTJ 연인은 자기 생각대로 앞으로 나가면서 상대와 부딪히는 상황도 두려워하지 않는다. 직설화법을 구사하는 ESTJ가 적이 아니라 ISFP의 편이 될 때 ISFP는 보호받는다는 느낌을 받으며 연인을 더 신뢰할 수 있다.

주로 ESTJ가 ISFP를 감싸면서 관계를 이끌어 가고, ISFP는 상대방의 단호함을 멋지다고 여기기도 한다. ESTJ의 날카로운 논리의 화살이 ISFP를 겨냥하지만 않는다면 둘 사이는 훈훈하다.

ESFJ ♥ ISFP

ISFP와 ESFJ는 주변을 바라보는 시각이 달라서 갈등을 겪을 수도 있고, 서로에게 보완적인 관계가 될 수도 있다. 보통의 연애에서는 다정한 ESFJ의 매너와 사랑 표현에 ISFP가 이불에 싸인 아기처럼 편안함과 행복감을 느낀다.

그러나 '오지라퍼'인 ESFJ를 개인주의자인 ISFP가 이해하기 어려워할 수 있고, 관계에 균열이 커지면 커질수록 ESFJ

는 ISFP의 자유주의적인 면을 이해하기 힘들어한다. ESFJ는 ISFP 유형이 자기 안에 몰입하거나, 충동적이거나, 예측할 수 없거나, 자기감정에 따라서 의사 결정하는 모습을 보며 제멋대로라고 생각한다. 서로 간에 갈등이 커지면 ISFP는 ESFJ가 피곤하다고 느끼고 점차 연인을 피할 수 있다.

#ISFP_유형_연애는? 

1. 마음을 열기 전에는 낯가리는 고양이, 마음을 열고 나면 귀여운 강아지.
2. 연락은 최소한으로 하니 섭섭해하지 말아줘.
3. 결혼을 꼭 해야 하나? 혼자도 좋은데.

ISFP 유형과 연애 궁금증①

"ISFP에 호감이 있어요.
지속해서 애정 표현을 하는 게 나을까요?"

ISFP가 먼저 누군가에게 다가서는 일은 별로 없다. 그래도, 누군가가 열심히 애정을 표현하면 나름 마음속으로는 반가워한다. 진입장벽이 낮은 편이다. 관심이 있다면 좋아하는 마음을 자연스럽게 표현해보자.

ISFP 유형과 연애 궁금증②

"ISFP가 싫어하는 사람은 어떤 스타일인가요?"

ISFP는 평등주의자다. 또 프라이버시를 중요하게 생각하고 강요나 압박을 매우 싫어한다. 이들이 싫어하는 유형은 몇 가지 특징을 지니고 있는데, 이기적으로 타인에게 피해를 주면서도 아무렇지 않게 생각하거나, 하는 말마다 부정적이라서 행복감에 찬물을 끼얹거나, 자신을 구속하는 사소한 행동을 반복하는 등이다. 5분마다 연락하면서 답장을 재촉하거나, 편안하게 쉬고 있을 때 미래를 생각하라면서 건설적인 일을 하자고 자꾸 불러내면 진이 빠진다. 논쟁을 싫어하는데, 자꾸 정치, 경제, 종교적 이슈를 들고 와서 논쟁하려고 들면 ISFP는 고개를 절레절레 흔든다. ISFP와 사랑에 빠지고 싶다면 ISFP가 일상의 사소하고 소소한 행복감에 물들어 있을 때 산통을 깨는 발언을 하지 않도록 주의한다. ISFP가 대놓고 그만하라고 하진 않겠지만, 마치 적립이 되듯, 상대방의 부정적인 모습이 ISFP 계좌에 쌓이고 있다고 생각하면 된다.

ISFP 유형과 연애 궁금증③

"ISFP에 먼저 고백해야 할까요?"

ISFP는 연애에 신중하고 겁이 많은 편이다. 관계가 깊어질수록 두려움도 많아진다. 게다가 귀차니즘도 있고 낙천적이라서, 현재에서 뭔가 새로운 갈등 상황을 만들고 싶어 하지 않는다. 마음이 있어도, 남자건 여자건 먼저 고백을 하는 편은 아니다. 서로 썸을 타고 있을 때 ISFP가 먼저 고백하기를 기대할 수도 있겠지만, ISFP에만 맡기다가는 썸이 기약 없이 길어질 수 있다. 결단력 있게 먼저 고백하는 게 나을 수 있다. 특히 ISFP가 5분 이내로 매번 칼답을 하고, 얼굴 보자는 요청도 거절하지 않는다면 희망을 품어도 좋다. ISFP는 은근히 자기 취향이 확실해서 마음에 들지 않는 상대라면 적극적인 반응을 보이지 않기 때문이다.

LOVE
Jelly
ESTP

✿ 신나는 롤리팝 ✿

ESTP _엣팁

사탕을 빨아 먹는 데는 많은 시간이 필요하지 않다. 순수한 당분을 빠르게 흡수할 수 있고 단숨에 기분이 좋아진다. ESTP 유형은 화려한 색감의 막대사탕처럼 상큼하다. 깊이 있게 오래 남는 맛은 아니지만, 맛이 다양해서 이것저것 먹어볼 수 있고, 재미있게 오독오독 씹어먹을 수도 있다.

그렇다고 이들이 그저 동그란 막대사탕 같다는 것은 아니다. 회오리 모양 롤리팝처럼 역동적인 즐거움을 선사하기도 하고, 가끔 박하 사탕처럼 상쾌하고 시원하기도 하다. 머랭 쿠키처럼 달콤한데 입에 넣는 순간 녹아서 사라져 버린다.

ESTP 유형은 사랑을 오래 지속하지 않는다. 매여 있기 싫어하고, 더 즐겁기 위해서 사람을 만나기 때문이다. 물론 좀 더 성숙해져서 '찐럽(진짜 사랑)'을 만난다면 진지한 교제를 하며, 결혼까지 꿈꿀 수도 있지만, 사실 ESTP 유형은 열여섯 가지 유형 중 결혼에 가장 관심이 없다.

그래서 가끔 '바람둥이'라는 오명을 뒤집어쓰기도 한다. 그 오해는 이들의 구체적인 연애 스타일을 살펴보면 풀 수 있다.

ESTP 유형은 맺고 끝내는 게 확실하다. 가식적이지 않고 자신의 감정에 솔직하다. 좋아하는 사람에게는 모든 것을 다 내놓는다. 돈도, 시간도, 마음도, 간도 빼서 줄 정도다. 가끔 '만수르'라고 불릴 정도로 비싼 선물을 하면서도 아까워하지 않는다. 상대방에게 '서프라이즈'를 선사하고 싶어 한다. 지루한 게 죄악이고, 재미있는 게 인생 목적이기도 해서, ESTP 유형과 사귀면 롤러코스터를 탄 듯이 시간을 보낼 수 있다. 그만큼 재미있고 흥미진진하다는 말이다.

심지어 사랑에 빠진 ESTP 유형은 감정형(F)이 아닌데도, 공감하듯이 연인의 말에 집중한다. 어떤 사소한 것도 기억했다가 연인이 필요할 때 그(그녀)가 갖고 싶었던 것을 내민다. 사소한 일은 두뇌에 담는 게 낭비라고 생각하지만, 연인과 관련된 부분만은 예외다.

이렇게 혼을 다 빼주면서 연애하는 ESTP는 놀라운 집중력을 보였다가(이는 모든 SP 기질의 특징이다) 조금씩 시간이 흐르면서 상황이 느슨해지면, 어느 순간 정신이 든다. 눈을 가리고 있던 선글라스를 벗으면 상대의 맨 얼굴이 보인다. 사랑 필터가 사라지는 이때가 바로 이들이 결단을 내릴 때다. 더 만나면서 상대를 더 관찰할지, 아니면 마음을 접을지 말이다.

그런데 이 유형의 가장 큰 특징 중 하나는 지루함을 견디지 못한다는 점이다. 게다가 판단도 정확한 편이라서, 이들에게는 '아닌 건 아니다'. 결국 마음이 떠난 관계와는 남의 눈치 보지 않고 쿨하게 이별한다.

이 유형은 자신의 마음에 솔직하고, 사랑할 때는 온 힘을 다해 사랑하며, 사랑이 떠나면 또 자신의 변화를 받아들인다. 이런 솔직한 점 때문에 이들이 짧게 환승하며 사랑을 이어간다고 생각할 수도 있는데, 도리어 이 사람은 당당하다. 자신의 감정을 속이지 않을 뿐이니까.

ESTP 유형은 연애하는 순간만큼은 누구보다도 진지하게 연애에 푹 빠진다. 더 이상 매력이 느껴지지 않는 상대와 솔직하게 이별한다고 해서 그게 과연 잘못일까? 게다가 누가 자신을 좋아한다고 눈을 돌리지 않는다. 자신이 좋아하는 사람에게만 집중한다.

이런 ESTP 유형도 장기간 연애가 가능할까?

물론이다. 짧은 사랑도 하겠지만, 오랜 사랑도 경험한다. 이들은 평소에는 로맨스보다 연애 자체를 즐긴다. 재미있는 상황을 좋아하는 이 유형은 호감이 생기는 상대에게는 도리어 장난을 치기도 한다. 친하지 않은 사람에게는 예의를 지키지만, 친해지고 싶은 사람에게는 일부러 상대의 신경을 건드리기도 한다.

하지만 '찐럽'을 만나면 자신의 독특한 특기인 플러팅이나, 여유만만한 태도나, 장난기조차도 표현하지 못할 정도로 얼어붙을 때도 있다. 다른 사람들이 뭘 생각하건, 뭐라고 말하건, 심지어는 자신에 대해 나쁜 말을 할 때조차도 관심이 없던 이 자신만만한 유형은 진짜 사랑을 만나는 순간 달라진다. 갑자기 세상이 상대방을 중심으로 돌아가기 시작한다. 그래서 상대가 어떻게 생각할지, 자신에 대해 안 좋게 생각할지, 이런 사소한 걱정까지 하게 된다. 상대 앞에서 로봇처럼 딱딱한 모습을 보일 때도 있다. 이 유형이 유난히 상대 앞에서 어색하게 행동한다면 강렬한 연애 감정 속에서 혼란에 빠져 있을 수도 있다.

그러나 짝사랑하더라도 상대가 자신에게 관심이 없는 것 같다면 포기한다. '나 싫다는 사람에겐 안 매달린다'가 이들의 철칙이다.

또 사랑에 있어서는 매우 개방적이어서, 어떤 장애물이 있어도 신경 쓰지 않는다. 나이 차이가 크게 나거나, 상대에게 연인이 있다고 할지라도 개의치 않는다.

이들과 헤어지지 않으려면 뭘 주의해야 할까?

끈적하게 녹아내리면서 손가락에 묻는 사탕은 누구나 싫어할 것이다. 정서적인 간섭이나 감정적 강요는 녹아내리는 설탕물 같다. 이들은 속박을 혐오한다. 자신의 일정 관리를 하려고 든다거나, 자꾸 감정적 하소연을 하고, 불평불만을 말할 때 이들은 끈적거리는 설탕물에서 빠져나가고 싶은 마음이 들기 시작한다. 특히 부정적인 말은 자주 하지 않도록 주의한다.

다른 기질과의 관계를 보면서 ESTP 유형의 연애를 좀 더 자세히 알아보자.

NT 기질과 ESTP 유형

NT 기질과 ESTP가 연애에 빠지는 일은 흔하지 않다.

NT 기질 자체가 연애를 쉽게 시작하는 유형이 아니기 때문이다. 하지만 둘 다 도덕이나 가치관에 지나치게 얽매이지 않고, 객관적인 분석에 따라 의사결정을 내리고, 합리주의적인 사고형(T)이라서 이견 조율은 잘 되는 편이다. 이런 비슷한 점 때문에 NT 기질과 ESTP 유형은 쿨한 연애를 할 수 있다. 하지만 지식에 대한 선호가 달라서 대화하다 보면, 서로 만족하지 못할 확률이 높다. 심지어는 성(性)을 대하는 태도도 다르다. ESTP에게 성은 유희의 영역으로 매우 매혹적이지만, NT 기질에게는 온갖 상징과 철학의 융합이다.

INTJ ♥ ESTP

INTJ와 ESTP의 경우, ESTP가 INTJ의 독특한 분위기에 반해서 연애를 시작하는 경우가 많다. INTJ는 ESTP의 솔직한 발랄함에 매력을 느낀다. 서로에게 느낀 신선한 감정을 계속 유지하려면, 단순히 데이트를 많이 하기보다는, 각자의 시간을 허용하면서 자기가 좋아하는 것들을 할 수 있도록 배려하는 게 필요하다. ESTP는 두툼한 고전 한 권을 독파하기보다는 친구들과 모여서 맛집 탐방을 하거나 갑자기 한 달간 외국으로 여행을 떠나버리는 유형이고, INTJ는 독창적이고 체계적인 지식 탐구를 좋아하는 유형이기 때문이다.

INTP ♥ ESTP

INTP와 ESTP 역시 ESTP가 사색가 INTP에 호기심을 느끼고 관계를 시작할 확률이 높다. INTP야말로 연애 자체에 관심이 없을 정도로 자기 일에 집중하는 유형이기 때문이다. INTP의 무뚝뚝함을 점차 자기 쪽으로 녹여가면서 ESTP는 기쁨을 느낀다. 모험심이나 즉흥적인 면이 잘 맞는다면, 예측하지 못한 체험을 하면서 즐거운 데이트를 할 수 있다. 단 INTP는 ESTP 앞에서 너무 깊게 파고 들어가는 이야기는 자제하는 게 좋다. 하품을 불러올 수 있다.

ENTP ♥ ESTP

ENTP와 ESTP는 NT 기질 중에서 가장 티키타카도 잘 맞고, 케미도 좋은 편이다. ENTP는 개방적이고 호기심에 열려 있으며, 행동력이 넘친다. 둘이서 신나는 데이트를 해보고 허심탄회하게 장난치듯 사귀는 게 가능하다. 둘 다 태평스럽고 상대를 구속하지 않으려고 해서, 느긋한 연애를 이어갈 수 있다. 유머를 주고받으면서 친구 같은 연인이 된다.

ENTJ ♥ ESTP

ENTJ와 ESTP는 서로의 지적 센스를 나누면서 은근히 소통을 잘하는 관계다. 그런데 둘 다 자기 이상형에 대한 고집이 있어서 서로 이상형이 아니라면 연애 자체가 시작되지 않을 확률이 높다. 게다가 선호하는 데이트가 서로 달라서 장기적으로는 상대에게 지루함을 느낄 수 있다. ENTJ가 ESTP의 충동성을 불안하게 생각하고, ESTP가 ENTJ의 주도면밀한 계획성을 지긋지긋하게 생각하면, 둘 사이에 암흑이 찾아올 위험이 있다. 그러나 둘 다 감정적으로 뒤끝 없이 깔끔한 편이라서 서로 잘 안 맞더라도 합리적으로 조율할 수 있다.

NF 기질과 ESTP 유형

NF 기질과 ESTP는 가장 잘 안 맞는 기질 궁합에 속한다. 왜냐하면 서로가 원하는 연애의 모습이 완전히 다르기 때문이다. NF의 철학적인 면, 의미를 찾고자 하는 태도가 ESTP에게는 전혀 재미없어 보일 수 있다. 반면 ESTP의 유쾌한 면이 NF에게는 가볍게 보일 수 있다.

ESTP 유형이 NF 기질과 잘 지내려면 평소보다 더 진지하게 경청하는 태도를 보이고, NF는 좀 더 객관적 시각을 보강하면 좋다. 복잡하게 생각하지 말고, ESTP의 말과 행동을 있는 그대로 받아들여 본다. 서로 사랑에 빠진다면 NF의 로맨틱함과 ESTP의 서프라이즈로 가득한 헌신으로, 영화 같은 연애에 빠질 수 있다.

INFJ ♥ ESTP

INFJ와 ESTP 유형이 연애에 빠지기는 쉽지 않다. INFJ는 ESTP를 세속적이라고 생각할 수 있고, ESTP는 INFJ가 너무 융통성이 없다고 여길 수 있다. INFJ는 소울메이트를 찾고, ESTP는 순간 느낌이 맞는 연인을 찾기 때문에 상대에게 실망할 수도 있다. 하지만 일단 사귀게 되면 INFJ는 ESTP를 통해 생전 경험하지 못한 즐거운 체험을 통해 더 많은 영감을 느끼고, ESTP는 INFJ의 독특한 직감과 상상력에 반하게 된다. 자신감 넘치는 ESTP가 INFJ를 보호해주고, 진심으로 공감하는 INFJ가 ESTP의 마음을 끌어안아 줄 수 있다면 서로에게 베스트인 관계다. 둘 다 억지로 관계를 만들어가는 유형은 아니라서, 서로에게 자유를 허용하는 관계로 지내면 상대방을 편하게 느끼게 될 것이다.

INFP ♥ ESTP

INFP와 ESTP는 주로 ESTP가 INFP를 귀엽다고 생각하면서 놀리거나 챙겨주다가 연애가 시작될 확률이 높다. 둘 다 모험을 좋아해서 INFP는 ESTP와 함께 액티비티를 즐기다가 생각보다 재미있다고 느끼고, 내면의 수많은 걱정거리가 완화된다. INFP는 평소에도 생각이 너무 많아서 힘든 유형인데, 그런 부담은 ESTP와 함께 시간을 보내면서 나아진다. 단지 유난히 감정적인 INFP 유형의 경우, 상대방의 장난스러운 돌직구에 알게 모르게 상처를 받을 수 있다.

ENFJ ♥ ESTP

ESTP와 ENFJ의 경우도 그다지 어울리는 성향은 아니다. ESTP는 ENFJ의 민감한 감성을 신기하게 여길 수도 있지만, 이해하지 못할 가능성이 높다. 다정다감한 사랑을 원하는 ENFJ가 보기에 ESTP는 무심하게 느껴진다. 서로의 성향을 이해하고, ENFJ는 진지함 한 스푼을 인생에서 덜어내면 더 가벼운 마음으로 즐길 수 있게 된다. ENFJ는 ESTP가 뒤끝이 없는 유형이라는 점을 기억하고 이들이 하는 말과 행동에 혼자 고민하지 않도록 주의한다.

ENFP ♥ ESTP

ESTP와 ENFP는 열정적이고 긍정적인 면이 비슷하다. 두 유형은 서로에게 매혹되어 사귀기 시작할 확률이 높다. NF 중에서는 ENFP만큼 즉흥적인 연애를 신나게 즐길 수 있는 유형은 없을 것이다. 하지만 초기의 매혹이 계속 유지되기가 쉽지 않다. ESTP의 현실성과 ENFP의 이상주의적 감성이 충돌한다. ESTP가 분노 조절이 안 되고, ENFP가 감정 기복이 심한 경우, 최악의 상성이 될 수 있다.

SP 기질과 ESTP 유형

SP 기질끼리의 만남은 언제나 변화무쌍하며 재미있다. 감정적으로 연연하기보다는 그 순간의 즐거움을 누린다. 전문가들은 SP-SJ 케미 다음으로 SP끼리 잘 맞는다고 말한다.

ISTP ♥ ESTP

ESTP와 ISTP도 케미가 좋지만, ISTP가 자기 생각이나 걱정을 ESTP와 좀 더 개방적으로 공유하고 함께 문제를 해결해나간다면 더 완벽한 관계가 될 수 있다. 둘 다 스릴과 흥분을 즐기며 신나는 데이트를 할 수 있다.

ISFP ♥ ESTP

ESTP와 ISFP도 자유를 사랑한다는 점이 비슷해서 서로 강요하지 않는 연애를 할 수 있다. 하지만 자기 생각을 잘 말하지 않는 ISFP를 ESTP가 답답하게 생각할 우려가 있다. ESTP의 직설적인 돌직구에 ISFP가 실망할 수도 있다.

ESTP ♥ ESTP

ESTP끼리의 연애는 둘 다 관대하고 에너지가 넘쳐서 신나고 재미있다. 함께 유명 여행지를 돌아다니고, 오지 체험을 하며, 친한 친구처럼 지낼 수 있다.

ESFP ♥ ESTP

ESTP와 ESFP는 화려한 공작새처럼 둘 다 멋쟁이고 매력적이라서 서로의 모습에 반하는 경우가 많다. ESFP가 감정적으로 연연하는 태도를 보여주지만 않는다면 순조롭다.

SJ 기질과 ESTP 유형

SJ 기질과 ESTP는 꽤 잘 맞는 짝이다. SJ 입장에서는 ESTP의 모험심과 변화무쌍함이 매력적으로 보이고, ESTP는 SJ의 안정감에 의지하고 싶어진다. SJ는 ESTP를 만나면 환상적 휴가를 보내는 느낌을 받을 수 있다.

ISTJ ♥ ESTP

ESTP와 ISTJ는 ISTJ가 유연성 있는 태도만 보여준다면 매우 잘 어울리는 관계다. 말없이 상대방을 잘 챙겨주는 ISTJ와 솔직하게 자신의 호의를 표현하는 호탕한 ESTP는 서로 신뢰할 수 있다. 결혼한다면 ISTJ가 재산 관리를 맡고, ESTP가 사교 생활을 맡는 게 좋다.

ISFJ ♥ ESTP

ISFJ는 ESTP에 가장 잘 맞는 짝이다. 다정하게 상대를 보살피기 좋아하는 ISFJ는 ESTP가 생활 속에서 놓치는 것들을 세심하게 챙겨준다. 보수적이고 얌전한 ISFJ도 모험에 대한 열망이 있는데, 그런 욕구를 ESTP와 만나면서 은연중에 해소할 수 있다. 액티비티나 휴가를 함께 즐기면서 ISFJ는 사소한 걱정이나 스트레스에서 해방된다. 게다가 ISFJ는 상대방의 말이나 행동에 신경을 많이 쓰는 편인데, ESTP와 함께 있을 때는 그럴 필요가 없다. 그(그녀)가 빈말하지 않고 솔직하다는 점을 잘 알고 있기 때문이다. 두 유형 모두 현실적이라서 대화 소재도 잘 맞는 편이다. 단지 ISFJ가 마음을 쉽게 열지 않는 편이라서 연애 시작이 힘들 수 있다.

ESTJ ♥ ESTP

ESTP와 ESTJ는 둘 다 실속을 중요하게 생각한다. 질서 있게 주변을 정리하는 ESTJ와 유연성 있게 문제를 잘 해결하는 행동파 ESTP가 힘을 합치면 천하무적이다. 서로에게 보완적이고 도움이 되는 관계지만, ESTJ가 지시를 내리려고 들거나 자꾸 강요하면 둘 사이의 평화는 깨진다. ESTP의 유유자적한 면을 ESTJ가 부모처럼 간섭하려 들지 않도록 조심한다.

ESFJ ♥ ESTP

ESTP와 ESFJ도, ESFJ가 잔소리하는 엄마처럼 ESTP를 교정하려고 하지만 않는다면 매우 좋은 관계다. 게다가 ESFJ는 누구보다도 살뜰하게 상대를 보살피는 유형이지만 우유부단한 면이 있고, ESTP는 누구보다도 결단력 있는 행동파지만 계획적인 면이 부족하다. 보완적으로 자신의 부족한 점을 채워갈 수 있다. 두 유형 모두 사교성이 좋은 만큼 친구들과 파티하며 즐겁게 지내도록 한다.

#ESTP_유형_연애는?

1. 사랑하면 해바라기가 된다.
2. 이들과 함께하면 '개꿀잼' 연애.
3. (그래도) 연인이 1순위, 내가 0순위.

♥ ESTP 유형과 연애 궁금증① ♥

"ESTP가 사랑에 빠져 있다는 특징이 있나요?"

ESTP 유형이 사랑에 빠져 있다는 것을 어떻게 알 수 있을까?

ESTP가 자신의 시간과 돈을 투자한다면 사랑에 빠졌다고 봐도 좋다. 이들은 특히 앞서 말한 대로 비싼 선물을 흔쾌히 투척하는 경향이 있다. 타인과 연락하는 일을 귀찮다고까지 생각할 수도 있는 느긋한 유형인데, 재빨리 상대방에게 연락해서 약속을 잡는다면 마음에 열정이 있다고 볼 수 있다. '찐럽'을 만나면 ESTP는 많던 남사친 여사친도 정리하고, 친구들과의 만남이 데이트와 겹치면 데이트를 선택할 정도로 헌신적이 된다.

♥ ESTP 유형과 연애 궁금증② ♥

"ESTP와 데이트할 때
알아둬야 할 포인트가 있나요?"

이 유형은 신나고 흥분되는 체험을 즐긴다. 모든 SP가 다 그런 경향이 있는데, 특히 외향적인 행동력이 강한 ESTP는 일상적인 데이트보다는 함께 체험할 수 있는 데이트를 좋아한다. 도파민이 샘솟는 모험, 새로운 장소나 예측할 수 없는 데이트가 취향이다.

ESTP는 외모를 중요하게 생각한다. 자신과 데이트 하는 상대도 외적인 부분에서 자신을 만족시키지 못한다면 의구심을 가질 수 있다. 노력이 부족하다고 생각하기도 한다.

이들은 육체적인 관계에서도 가장 자유로운 유형이다. 성적인 대화에도 열려 있어서 ESTP 유형 앞에서 굳이 조선 시대 사람처럼 행동할 필요가 없다. ESTP에게 관능적인 부분은 중요하다. 인생에 자극을 주는 요소다.

ESTP가 NF 기질처럼 로맨틱하고 다정다감한 연인은 아닐 수도 있다. SJ 기질처럼 머리끝부터 발끝까지 챙겨주는 연인도 아닐 수 있다. 때로는 무심하고, 차갑게 느껴지고, 한편으로는 열정적이고, 어떨 때는 변덕스럽기조차 하다. 그런데도 상대를 휘어잡는 매력이 변화무쌍하기에, 이 장난꾸러기와 함께 있다면 지루할 일은 없다.

♥ ESTP 유형과 연애 궁금증③ ♥

"ESTP를 짝사랑하고 있어요.
어떻게 접근하면 좋을까요?"

혹시 ESTP 유형을 짝사랑하고 있다면 어떻게 해야 할까?

ESTP는 스스로 연인을 고른다. ESTP가 직접 적극적으로 다가오지 않는다면 연인이 되기는 어렵다. 긴가민가 상대의 마음이 헛갈리는 상황이라면 '그린라이트'가 아닐 확률이 높다.

이들은 누군가 자신에게 호감을 느끼고 있는지를 재빨리 눈치채는 편인데, 만약 이성적인 호감이 없다면 알고도 모르는 척할 확률이 높다. 그 사람에게 마음이 없으면 나이스하게 웃으면서 자연스럽게 선을 그을 수 있는 유형이다.

이 유형을 끌어당기고 싶다면, 계속 당기기만 해서는 별로 효과가 없다. ESTP는 경쟁심이나 승부욕, 정복욕이 다른 유형보다 높은 편이라서, 너무 쉽게 손에 들어온 사냥감에는 큰 관심을 가지지 않을 수도 있다. 그렇다고 너무 멀리 떨어져서 관찰만 하고 있어도 일부러 찾지 않는다. 너무 가깝지도 않고, 너무 멀지도 않는 균형 감각을 유지하며, 시소에 올라타듯이 중심을 잘 잡아야 한다. ESTP에 지나치게 간섭하거나 사적인 관심을 보여도 연애 승률이 떨어지지만, 너무 무심해도 곤란하다.

조금이라도 연애로 이어질 확률이 있다면 '아는 사람'부터 시작해서 '친구'처럼 편안한 모습을 보여주면 좋다. 친해지기 위해 가사가 아름다운 노래나 문장이 멋진 시집을 들고 갈 필요는 없다. 최신 유행하는 핫 스폿이나 색다른 여행 장소, 맛집 정보 등이 훨씬 좋다.

ESTP는 열여섯 유형 중에서 스포츠에 대한 능력과 관심이 가장 높다. 좋아하는 운동이 있다면, 함께 레저 활동을 즐기는 것도 고려해본다.

ESFP

✿ 화려한 도넛 ✿

ESFP _엣프피

끼쟁이, 분위기메이커, 소식통, 마당발은 ESFP 유형을 지칭하는 말이다. '오늘만 산다'는 이들과 가장 잘 어울리는 말이다. '하쿠나마타타(hakuna matata)'라는 말도 ESFP의 초긍정 파워를 잘 표현한다.

ESFP 유형을 세 단어로 표현한다면 아마도 '유쾌, 통쾌, 상쾌'가 아닐까? 숨기거나 꾸미는 것 없고, '정치질'과는 거리가 먼 이 유형은 매우 천진난만하다. ESFP 유형이 다른 유형보다 1위를 달리는 몇 가지 요소가 있는데, 바로 가장 유행의 첨단을 달리는 멋쟁이라는 점, 불안을 가장 적게 느끼는 유형이라는 점, 모든 유형 중에서도 가장 관대한 성품을 지녔다는 점이다. '예민 보스'는 이들과는 거리가 먼 단어다.

이들은 타인을 만나면 다른 사람들을 어떻게 즐겁게 해줄지 고민하면서 행복한 기대를 한다. 잘 모르는 사람과 만나도 금방 친해질 수 있고, 'TMI'를 방출하며, 경계심 없는 모습을 보인다. 흡사 사람을 잘 따르는 귀염둥이 강아지 같은 모습이다. 화려한 토핑과 좋은 향기로 사람들을 유혹하는 버라이어티 도넛과도 비슷하다.

이런 달콤 달달 해피 바이러스 ESFP 유형이 사랑에 빠지면 어떤 모습이 될까?

평소 성격처럼 이들은 관계에 열린 태도를 보인다. 좋아하는 사람 앞에서는 가슴 두근거리고, 잘 대해주려고 노력하며, 상대방이 웃을 때 기분이 좋아진다. 타인을 판단하려는 성향이 없기 때문에 누군가가 좋아지면 분석하기보다는 먼저 심장으로 다가선다.

좋아하면 더 많이 만나서 많은 이야기를 나누고, 함께 손을 잡고, 재미있는 체험을 하고 싶어 한다. 이들은 상대를 재보거나 계산하지 않는다. 하지만 가끔은 베푸는 사랑만 하다가 마음도, 금전도 다 소진하기도 한다.

ESFP 유형에게 반했다면 어떻게 해야 할까?

이들에게 사랑은 '표현'이고 '행동'이다. 좋아하면 상대에게 마음을 표현하는 게 당연하다.

그러므로 ESFP가 부담을 느끼지 않을 정도로 최대한 자연스럽게 애정을 표현해야 한다. 한두 번 표현해서는 안 되고, 더 많이 지속해서 표현하는 게 좋다. 좋아하는 취향을 잘 기억했다가 세심하게 관심을 표현해주면 좋아한다.

ESFP 유형의 1차 기능은 감각(S)이라서, 멋쟁이인 경우가 많다. ESFP의 눈에 들려면 외모에 신경 쓰는 것도 필요하다. 이들은 삶의 가벼운 즐거움을 누리면서 오래도록 행복감을 맛보고 싶어 하는 유형이기 때문에, 가능하면 불편한 이야기는 소재로 꺼내지 않는 게 좋다.

이들의 연애는 무거운 한정식이나 유희 같은 막대 사탕이 아니다. 한 입 베어 물면 뭉클하게 입에 들어오는 도넛 크림처럼, 겉보기엔 가볍고 트렌디해 보일지라도, 밀도가 높다. 열정적으로 사랑하고, 관능적으로 감각을 느끼고, 오감을 통해 연애하는 이 유형은 어떤 의미에서는 가장 연애 같은 연애를 하는 사랑꾼이다. ESFP 유형이 삶에서 추구하는 것은 행복한 느낌이고, 연애할 때조차도 부정적인 생각은 멀리 두려고 한다. 이들은 더 행복해지기 위해서 연애한다.

다른 유형과의 관계를 통해 이 유형의 사랑을 좀 더 자세히 알아보자.

NT 기질과 ESFP 유형

ESFP 유형은 NT 기질의 명석해 보이는 모습과 실용주의적인 태도에 반한다. 진지한 모습에 의지하고 싶어진다. 물론 그런 감정이 단순한 '현혹'으로 끝나는 관계가 될 수도 있다. 왜냐하면 NT 기질이 가장 좋아하는 건 지적인 대화인데, ESFP가 가장 좋아하는 건 현실적인 행복감이기 때문이다.

ESFP 유형은 좋은 옷, 편안한 환경, 재미있는 시간, 금전적 풍요로움, 신체적 안락함, 흥분을 사랑한다. '흥'과 '재미'가 삶의 필수 요소라서, 지적인 대화만으로는 뭔가 허전함을 느끼고 하품까지 날 수 있다.

INTJ ♥ ESFP

INTJ는 NT 기질 중에서 ESFP와 제일 잘 맞는 유형으로 알려져 있다. 서로 거울 유형으로, 매력을 느끼는 가장 큰 이유는 자신의 단점이 상대방의 장점이기 때문이다. 인간이 완벽한 상태에서 충족감을 느낀다면, 자신에게 부족한 점을 소유한 상대방에게 끌리는 것도 어쩌면 당연한 일일 것이다.

이렇듯 이론적으로는 잘 맞는 연인이지만, 실제로 두 유형이 마주치기란 쉽지 않다. INTJ 유형이 워낙 희귀한 유형인 데다가, 둘이 만나서 사랑에 빠지는 데는 유형적 궁합 이외의 많은 요소가 추가로 작용하는 경우가 많기 때문이다. 특히 외모 분위기가 ESFP의 취향에 맞아야 ESFP가 INTJ에 매력을 느낄 수 있다. 서로에게 매료되는 상황이라면, 둘은 티격태격하면서도 보완적인 연애를 이어갈 확률이 높다.

INTP ♥ ESFP

INTP는 NT 기질 중에서도 지식적인 깊이를 끊임없이 추구하는 유형인데, 대신 주변을 넓게 보려 하지 않는다. 사회생활에 큰 관심이 없다. ESFP는 실질적으로 삶에서 필요한 상식이 풍부한 대신에 지식적 깊이에는 매력을 느끼지 못한다. 둘이 매력을 느껴 연애하게 된다면 ESFP의 변화무쌍한 매력에 INTP가 빠져들 수 있지만, 오래 못 가서 정신적 피로감을 호소하고 다시 자신만의 동굴로 돌아가고 싶어 할 위험이 있다.

ENTP ♥ ESFP

ENTP와 ESFP가 비슷한 점은 산만하고 충동적이라는 점, 말을 재미있게 잘 풀고, 인생을 즐기는 법을 안다는 점이다. 얼핏 보면 두 유형은 매우 어울린다. 그런데 연인 간에 티키타카는 잘 이루어지지 않을 가능성이 있다. 대화에 공통점이 없다. 외적인 매력과 최신 유행에 관심이 많은 ESFP가 보기에, ENTP는 자신을 가꾸는 데는 큰 관심이 없다. 심지어 ENTP는 유행을 좇는 사람을 시니컬하게 보기도 한다. 서로의 정신적인 지향점이 달라서, 장기 연애에 돌입하면 오랜 갈등과 화해를 거칠 수 있다.

ENTJ ♥ ESFP

ENTJ와 ESFP의 경우, ESFP가 상대방의 지적인 모습에 매력적을 느낄 수 있다. 단지 ENTJ의 이상형은 자기 발전을 게을리하지 않고 성장하는 연인이고, ESFP의 이상형은 티키타카가 잘 맞는 재미있는 연인이다. 그런 점에서 두 사람이 연인으로 잘못 만난다면, 상대방의 워스트 유형이 될 수도 있다. 그러지 않기 위해서라도, ESFP는 자신이 좋아하는 일을 열심히 하면서 성장하는 모습을 보여주도록 노력한다. ENTJ는 ESFP와 데이트할 때 진지함을 벗어 던지고, 아이처럼 함께 즐기도록 노력해본다. 또 ENTJ는 자신의 기준에 맞지 않을 때 논리적으로 설득하려고 싶어 하는데, ESFP에게는 합리적인 설득보다 다정한 포옹과 애정 표현이 더 효과가 있다는 사실을 잊지 않도록 한다.

NF 기질과 ESFP 유형

ESFP 유형이나 NF 기질은 아름다운 사랑을 하고 싶어 한다. 특히 외향적인 NF의 경우 로맨틱한 사랑꾼이 많다. ESFP가 NF의 다정한 애정 표현과 칭찬 세례에 푹 빠질 수 있다. NF는 외면보다 내면적 열정을 중요하게 생각하고, 소울메이트에 대한 염원이 있다. 친구처럼 재미있는 관계를 더 원하는 ESFP에 NF의 사랑이 좀 무겁게 느껴질 수 있다.

NF 기질이 ESFP 유형을 만날 때 주의할 점은 진지한 이야기를 데이트에서 자꾸 꺼내지 않도록 하는 것이다. NF 기질은 인간의 어두운 일면이나 고민거리에 대해 같이 해답을 찾아보는 과정을 매우 좋아하는데, 그런 화제는 ESFP에게는 피하고 싶은 이야깃거리다. ESFP는 주변 사람들에게 자신의 어두운 일면을 말하거나 표현하고 싶어 하지 않는다.

INFJ ♥ ESFP

INFJ와 ESFP가 연애하면, 자기 세계에 빠지기 좋아하는 INFJ의 무거운 내면이 부드럽게 녹아내린다. ESFP 유형이야말로 누구든 명랑한 기분에 빠지게 만들 수 있는 천진난만하고 무해한 유형이기 때문이다. 하지만 관계 지향적이고 친구를 좋아하는 ESFP의 모습을 완전히 이해하긴 어렵다. ESFP 입장에서도 INFJ가 적극적이지 않고 주변을 맴돌기만 하는 듯한 애매한 모습을 답답해한다.

INFP ♥ ESFP

ESFP 유형과 INFP 유형은 '갬성'과 '감성'의 만남, '인싸'와 '아싸'의 만남이다. 둘 다 SNS에 감정을 담은 사진과 추억을 올리고, 공유한다. 친구로서는 재미있는 관계일 수도 있는데, 연인이 되면 서로에게 요구하는 모습이 엇갈릴 수 있다. ESFP는 함께 시간을 보내면서 행복감만 느껴도 좋은데, INFP는 즐거움 이상의 영혼적 교류를 원한다. 가장 단순하고 낙천적인 ESFP와 가장 복잡하고 걱정이 많은 INFP는 서로에게 도움이 될 수도 있지만, 서로 소통하기 힘들 수도 있으니 주의한다. 이들은 마치 장문의 손 편지와 유머 3행시의 만남과 같다.

ENFJ ♥ ESFP

ESFP 유형과 ENFJ 유형은 둘 다 친화력이 높아서 금방 친해진다. 하지만 표면적으로만 소통할 가능성도 존재한다. 이들은 서로의 감정 세계를 공유할 수 있으나, 세상에서 세부적으로 관심을 두는 부분은 다르다. ESFP 유형에게는 감정적인 체험이 중요하고, ENFJ 유형에게는 감정적인 깊이가 매우 중요하기 때문이다. 상대방의 특성을 긍정적으로 받아들인다면, 둘 다 다정한 유형이라서 오래도록 열정적으로 연애를 지속할 수 있을 것이다.

ENFP ♥ ESFP

ESFP 유형과 ENFP 유형은 잔망스러운 사람들끼리의 만남이다. 둘 다 애교가 넘치는 사랑꾼이기도 하다. 이들은 친해지는 속도나 감정적 온도도 잘 맞아서 신나는 시간을 보낸다. 예측할 수 없는 데이트가 이어지고, 짜증 나는 상황에서도 기분 좋게 데이트를 이어 간다. 하지만 들뜬 데이트 외에 차분하게 서로의 마음에 힐링을 주는 속 깊은 대화도 많이 할 필요가 있다.

SP 기질과 ESFP 유형

SP 기질끼리는 왈츠를 추듯이, 배낭을 메고 여행을 떠나듯이, 충동적이면서 가벼운 연애가 가능하다. 연애하는 순간의 현실적인 행복감을 만끽할 수 있다. 때로는 흥미진진한 롤러코

스터를 타는 듯이 재미있고 흥분된 순간을 누린다.

ISTP ♥ ESFP

ESFP와 ISTP가 만나면 ESFP의 엔도르핀에 ISTP도 에너지가 차오른다. 하지만 지나치게 오랫동안 ESFP의 흥겨운 분위기 속에 있는 것은 지양해야 한다. ESFP의 넘치는 에너지를 따라가다가 소진될 수 있다.

ISFP ♥ ESFP

ESFP와 ISFP가 만나면 예쁜 카페에 가고, 맛집을 탐방하고, 즉흥적으로 SNS 성지로 떠나며 감성 넘치는 연애를 할 수 있다. 찹쌀떡의 인간 버전 같은 ISFP는 자기주장을 잘 내세우지 않고 상대방에 잘 맞춰준다. ESFP는 관대하고 털털해서 서로 의견 충돌도 별로 없다. 양과 음의 에너지 배분만 잘한다면 두 유형은 즐겁게 시간을 보낼 수 있다.

ESTP ♥ ESFP

ESFP와 ESTP는 잘 놀기라면 1, 2위를 다투는 유쾌한 유형이다. 콘서트, 운동 경기, 전시회, 영화, 친목 모임 등 다양한 데이트를 함께 맛본다. 각자 친구들도 많고, 함께 어울리며 노는 것도 꺼리지 않기 때문에 더블데이트도 가능하다. 때론 연인

같고, 때론 절친 같다.

ESFP ♥ ESFP

ESFP끼리의 연애는 아침부터 밤늦게까지 함께 시간을 보내는 찰떡 연애가 될 가능성이 크다. 둘 다 연인의 옆에 항상 있고 싶어 하기 때문이다. 두 유형 모두 자기 표현력이나 TMI능력도 좋아서 잠시도 오디오가 비지 않는다. 단 한쪽만 주도적으로 관계를 이끌지 않도록 주의한다.

SJ 기질과 ESFP 유형

모험적이고 장난기 많은 ESFP는 사려 깊고 책임감 넘치는 SJ에 이끌린다. SJ의 안정감이 SP의 모험심과 만나면 서로를 중화시키고 물들인다. 각자의 장단점이 보기 좋게 섞인다.

ISTJ ♥ ESFP

ESFP와 ISTJ는 서로 완전히 동전의 양면 같아서 소통이 안 될 것 같은데도, 잘 맞는다. 스왜그 넘치는 ESFP와 모범생 같은 ISTJ는 서로에게 매료되는 경우가 많다. 진지하고 정돈된 분위기를 좋아하는 ISTJ지만, ESFP를 만나면, 갑옷을 벗어 던진 듯 가벼워진다. ESFP는 변화를 즐기고 무거운 데이트를 싫어하며, 지갑을 여는 데 익숙하다.

사귀는 동안 ESFP는 깜짝 이벤트를 열거나, 선물을 건네는 경우가 많다. ISTJ 유형은 살림꾼이고, 절약을 중요하게 생각하는 편이라, ESFP가 뭔가를 선물하면 기뻐하기는커녕 "대체 왜 이런 거에 돈을 쓰는 거야?"라고 반응하거나, 혹은 "이거 얼마야?"라고 놀라서 묻는 경우도 있다. 속으로는 그런 생각이 들더라도, 그냥 서프라이즈에 대해 놀람과 기쁨, 감사를 표현하는 편이 훨씬 더 좋다. ESFP는 서프라이즈에 깜짝 놀라면서 기뻐하는 연인의 반응 자체에 행복감을 느끼기 때문이다.

ISFJ ♥ ESFP

ESFP와 ISFJ도 잘 맞는 관계다. ISFJ는 사리 분별력이 좋고 차분하며 침착하다. ESFP는 함께 있을 때 재미있게 시간을 보낼 수 있다면 연인의 조건을 문제 삼지 않는 편이다. 반면 ISFJ는 침착하게 연인의 모든 면을 관찰하는 편이다. ESFP는 ISFJ가 좋으면서도, 차츰 상대가 까다롭다고 느낄 수 있다.

ESTJ ♥ ESFP

ESFP와 ESTJ가 만나면 ESFP가 ESTJ의 업무 능력에 감탄한다. ESTJ는 ESFP의 발랄함에 매력을 느낀다. 순서와 절차를 잘 따라서 길을 찾는 ESFJ와, 충동적으로 행동하지만, 적응력이 뛰어난 ESFP는, 서로에게 자신의 약점을 극복하는 법을 배워간다.

ESFJ ♥ ESFP

ESFP와 ESFJ도 사교적이며 분위기메이커라서, 함께 즐겁게 보낼 수 있다. 덤벙거리는 ESFP를 돌봐주고 챙겨주면서 ESFJ도 보람을 느낀다. 외향성이 둘 다 높다면 각자 자신이 하고 싶은 말을 하려고 입이 근질거릴 것이다. 가능하면 서로 교대로 상대방의 말을 듣는다. 둘 다 활발한 경우, 텐션이 둘 다 높아져서 서로 기가 빨린다고 느낄 수도 있다.

#ESFP_유형_연애는?

1. 말초신경을 자극하는 연애.
2. 해피 바이러스 연애: 유쾌 통쾌 상쾌한 연인.
3. 사랑은 낙원-예측 불허의 자극과 즐거움.

♥ ESFP 유형과 연애 궁금증① ♥

"ESFP가 보고 싶은데
갑자기 연락해서 나오라고 해도 되나요?"

ESFP는 정해진 약속대로 만나는 것보다 번개 만남을 더 즐겁게 생각하니 괜찮다. 이들은 변화무쌍한 삶을 재미있다고 느낀다. ESFP 집이나 직장 근처에 우연히 지나치는 길이라면 한번 연락해보자.

♥ ESFP 유형과 연애 궁금증② ♥

"ESFP와 사귈 때 조심해야 할 점은 뭔가요?"

ESFP 유형은 언제 연인과 헤어지게 될까?

ESFP 유형이 연인과 헤어지는 데는 그렇게 치명적인 이유가 필요하지는 않다. 쉽게 연애를 시작하는 것처럼, 사소한 이유로 헤어지고 싶다는 마음이 생긴다. 어느 날 갑자기 연인이 밥을 먹는 모습에 마음이 떠나기도 하고, 연인의 잔소리가 듣기 싫어지기도 한다.

ESFP 유형은 잔정이 많고 연인을 아끼기 때문에, 위의 경우라도 사실은 마음으로 끊임없이 연인을 변호하고 보호하고자 한다. 그런데도 어쩔 수 없이 이들이 이별해야겠다는 굳은 결심을 하게 되는 계기는 바로 '구속'이다.

SP 기질은 가장 원하는 삶의 기본적 요소가 바로 '자유'다. 특히 상대방 때문에 자신의 유유자적하는 느긋한 행복감을 방해받는다면 참을 수 없다. 하는 일마다 간섭하거나 태클을 걸어온다면 ESFP는 이례적으로 마음이 냉랭하게 얼어붙는다.

ESFP 유형에게 행동의 변화를 요청하고 싶을 때는 이들의 따뜻한 마음을 공략하면 된다. 예를 들어 밤늦게 친구들과 매번 술자리를 갖는 게 마음에 안 든다면, "늦게 돌아다니면 안 돼."라고 선포해서는 효과가 없다. 대신 이렇게 말하는 편이 낫다. "네가 밤늦게 술을 마시면 내가 걱정돼서 마음이 너~무 불안해."하고 다정다감함을 표현하는 것이다. 상대방이 마음 상하는 걸 원하지 않는 ESFP 유형은 연인의 이런 말에 마음이 흔들린다.

이들은 사랑에 빠지면 친구들과의 술자리도 거절하고 연인을 만날 정도로 연인이 삶의 1순위가 된다. 그 정도로 아낌없이 정을 주기 때문에, 사랑에 아낌없이 자신을 다 내던지고 난 후에는 상대와 헤어지게 되더라도 후회가 남지 않는다. 따뜻한 행복을 주는 다른 상대를 찾아서 떠난다. 혹시라도 ESFP와 재회하기를 원한다면 서둘러야 한다. 이미 누군가에게 따뜻한 온기를 나눠주고 있을지도 모르니까.

MBTI
INFJ

✿ 보헤미안의 연애 ✿

INFJ_인프제

보헤미안이란 단어에는 자유롭고 틀에 박히지 않는다는 이미지도 있지만, 한편으로는 주변에 쉽게 휩쓸리지 않는 비밀스러운 이미지도 숨어 있다. INFJ의 연애는 자신만의 세계를 추구하며 어떤 관계에도 쉽게 귀속하지 않는다는 점에서, 보헤미안이자 개인주의자라고 할 수 있다.

보헤미안이라고 해서 자유분방한 연애를 생각하면 곤란하다. INFJ 유형이야말로 가장 신중하게 사랑에 빠지는 유형이기 때문이다.

사람들은 흔히 INFJ 유형을 보고 "저 사람은 참 친절해."라고 한다. 이들은 누구에게나 인류애적인 친절함을 잘 보여준다. 그런데 이런 공감력은 INFJ 유형이 가지고 태어난 자질일 뿐이다.

INFJ 유형은 도리어 인간관계에서 대체로 관조적이며 소극적인 편이고, 항상 타인과의 사이에 일정한 거리감이 있다. 먼저 친구에게 연락하는 일도 별로 없고, 적극적으로 나서서 남을 도우려 하지 않는다.

INFJ 유형이 자신을 진심으로 좋아하는지, 매너 있게 이타적인 친절을 베푸는지 어떻게 구분할 수 있을까? 시간을 함께 보내면 된다. 오랜 시간 같이 시간을 보내다 보면 INFJ의 마음속에서는 차츰 신뢰의 불길이 피어난다.

연애도 마찬가지다. 이들은 외모나 경제적 조건에 쉽게 흔들리지 않는다. '금사빠'나 '금사식'은 경험하기 어렵다. 이들은 처음에는 지인이나 동료, 친구로서 이성과 관계를 시작하는 일이 많고, 오랜 기간 친구로 지내며 신뢰를 쌓은 후에야 마음을 열고 연인이 되는 편이다.

대체로 INFJ 유형은 한 사람만을 사랑하고, NF 기질적인 로맨티시즘을 간직하고 있어서, 일단 연인이 되고 나면 상대에게 매우 헌신적인 편이다. 하지만 이렇게 누군가와 깊은 관계에 빠지기 위해서는 신뢰감이 꼭 필요하다.

그 신뢰감은 어떤 종류의 신뢰감일까? 첫째는 인품에 대한 신뢰감이고, 둘째는 가치관이나 취향에 대한 신뢰감이고, 셋째는 진실성에 대한 신뢰감이다. 이중 어느 하나라도 믿음이 가지 않을 때 INFJ 연인의 마음은 서서히 멀어진다. 때로는 상대방에게 실망하고 마음의 문을 완전히 닫는다.

그래서 INFJ 유형과 사귀는 과정에서 지나치게 이기적인 면을 보여주거가, 겉 다르고 속 다른 면을 자꾸 보여준다면, INFJ의 마음은 점차 떠나기 시작한다. 연인이 다른 사람을 무시하거나 면박을 주는 모습을 여러 번 보여줄 때, INFJ 유형은 연인에게 실망하고, 인간적인 매력을 잃는다.

결국 INFJ 유형에게 자신의 매력을 보이는 방법은 인간적인 매력이 기본이라고 할 수 있다. 그리고 서로의 취향이나 관심사에 관해 이야기를 나눌 때 서로 잘 통한다는 느낌을 받는다면, INFJ 유형은 연인과 더 오랫동안 시간을 보내고 싶어 할 것이다. 인간의 다양한 내면에 대한 깊이 있는 이야기를 나눌 수 있다면, INFJ 유형은 다음 만남을 기대하게 된다.

INFJ 유형이 바라는 이상적인 연인은 '소울메이트'다. 단순히 이야기가 잘 통하고, 만날 때마다 재미있다고 해서 INFJ 유형이 상대방과 평생을 함께하고 싶은 연인이라고 느끼는 것은 아니다. 이들은 개인주의적인 유형이기도 하다. 쉽게 타인과 친해지지도 않지만, 친해지고 나서도 자신만의 공간이 꼭 필요한 유형이다. 서로 함께해도 즐겁지만, 혼자서도 아주 즐겁게 지낼 수 있다면 INFJ 유형과 좋은 소울메이트가 될 수 있다.

마음을 활짝 열어준 상대에게는 다른 사람에게 좀처럼 보여주지 않는 면을 가감 없이 보여준다. 툴툴거리기도 하고, 스킨십 같은 적극적인 애정 표현을 하기도 한다.

INFJ 유형의 근본적인 특성상, 정신적인 유대감이 없는 육체적인 교류는 거의 불가능하다고 볼 수 있다. 또 좋아하는 사람이 생기면 한눈을 팔거나 삼각관계에 빠지는 일도 거의 없다.

INFJ 유형은 누구보다 정신적인 소통을 중요하게 생각한다. 기념일에 화려한 이벤트를 하는 것보다 자신을 잘 관찰하고 의미 있는 작은 선물을 해주는 연인에게 더 고마움을 느낀다.

비싼 명품보다 소박한 선물과 정성 어린 메시지를 더 반가워한다. 남들 앞에서 하는 이벤트도 쑥스러워할 위험이 높다. INFJ 유형에게 더 깊이 있게 다가오는 단어는 '비싼', '명품'이 아니라 '기호', '취미', '진심'이다.

INFJ 유형과 연인이 되고 싶다면 두 가지는 잊지 않는 것이 좋다.

구속하지 않고 자유롭게 놓아주는 것, 그리고 진심 어린 태도다.

INFJ 유형은 자아 발견을 꿈꾸는 유형이고, 개인적인 발전을 원하는 사람이다 보니, 결혼을 쉽게 결정하지 않으며, 결혼

후에도 자기 발견에 많은 부분을 투자하는 편이다. 아이를 돌보고 살림하면서도 계속 공부하거나 자신만의 취미 활동에 몰두하는 일이 많다. 온종일 가족과 함께 시간을 보낸 후에는 자신만의 공간에서 성찰에 빠지는 시간이 꼭 필요하다.

INFJ 유형과 가족이 된다면 이들의 이런 면을 이해하고 독립적인 공간이나 시간을 배려해주면 좋다.

다른 기질과의 관계를 통해 INFJ 유형의 연애를 보다 자세히 알아보자.

NT 기질과 INFJ 유형

INFJ 유형은 NT 기질의 지적인 모습, 자기만의 세계가 확실한 모습에서 매력을 느낀다. 직관, 호기심, 학구열이 서로 잘 통한다. 가령 INTP 유형이나 ENTP 유형은 남들보다 다양한 지식을 소유하고, 자신만의 논리력을 자신만만하게 펼치는 편이다. INFJ 유형은 INTP 유형이나 ENTP 유형의 기발한 상상력에 내적 박수를 보낸다.

INTP ♥ INFJ

INTP 유형과 INFJ 유형은 둘 다 현실 속에서 부대끼며 살아가기보다, 자신이 좋아하는 둥지 속에서 좋아하는 일을 하면서 살고 싶어 하는 면이 강하다. 각자의 개인적인 세계를 이해하고 깊은 교감을 나눌 수 있다. 주의할 점은 INTP 유형의 논리적인 사고력과 INFJ의 감성적인 예민함이 부딪혀서 상처가 생길 수 있다는 것이다.

INTJ ♥ INFJ

INTJ 유형과 INFJ 유형은 서로 지적이면서 개인주의적인 면을 이해한다. 겉치레 말을 하거나 눈치를 볼 필요가 없고, 각자의 할 일에 충실하면서 서로 구속하지 않는다. 꼼꼼하고 계획적인 면, 외골수 성향, 현실보다 상상을 중요하게 생각하는 직관적인 면도 잘 맞는다.

ENTP ♥ INFJ

INFJ 유형과 ENTP 유형은 특히 상상력과 공상, 기획 능력에 관해 이야기를 나누면서 서로에게 더 깊숙이 매료된다. ENTP는 명료한 사고력과 빠른 판단력, 실행력으로 INFJ의 결정장애나 생각의 멀미를 보조해줄 수 있다. INFJ는 이들의 유쾌함과 밝은 에너지에 매료된다. 다만 ENTP 유형의 창의적이고 도발적인 면이 매력이 될 수도 있지만, 서로를 잘 이해하지 못하는 상황에서는 무례하게 느껴질 수도 있다.

ENTJ ♥ INFJ

ENTJ 유형은 INFJ 유형의 손과 발이 되어 INFJ의 재능을 현실화해 줄 수 있다. 물론 연인으로서 매료되는 점도 있겠지만, 서로의 발전과 성취 욕구를 자극한다는 점에서 이 둘의 관계는 창조적이고 상호협조적이다. 그러나 ENTJ의 계획적이고 논리적인 측면이 독선적으로 느껴질 때 INFJ의 마음이 슬쩍 떠날 수 있다.

NF 기질과 INFJ 유형

NF 기질은 로맨틱과 헌신의 아이콘이다. NF끼리 만남은 사람들이 흔히 생각하는 가장 이상적인 연인 관계와 유사하다.

ENFP ♥ INFJ

INFJ 유형은 감성적이고 정도 많고, 돌발적인 행동을 잘하는 ENFP 유형을 사랑스럽고 귀엽다고 생각한다. ENFP 유형은 애정 표현을 말로 잘하는 편이고, 개방적이라서 INFJ 유형이 편하게 느낄 가능성이 크다.

INFJ ♥ INFJ

INFJ 유형끼리 연애한다면 연애가 쉽게 진전 안 될 확률이 높다. 둘 다 연애를 시작하기까지 조심스럽기 때문이다. 대신 서로가 연인이 되면 누구보다 상대방에게 헌신적인 연인이 될 것이다.

INFP ♥ INFJ

INFP 유형과 INFJ 유형은 다른 점을 찾기가 어려울 정도로 닮았다. 또 INFP 유형의 돌발적인 면과 INFJ 유형의 차분함이 서로를 자극하기도 하고 보완도 해준다. 다만 INFP 유형은 감정적으로 영화 주인공처럼 사랑에 올인하는 면이 있고, INFJ 유형은 감정적인 유형 중에서도 이성적인 편이라서, 서로 다른 감정의 온도를 잘 맞춰갈 필요가 있다. 하지만 관심사와 이상주의자 같은 측면이 비슷해서, 마음이 가장 잘 맞는 상대이기도 하다.

ENFJ ♥ INFJ

ENFJ 유형과 INFJ 유형은 세로토닌으로 둘러싸인 듯, 일상 속 다정한 관계로 지낼 수 있다. 특히 ENFJ 유형은 다정한 표현을 쉼 없이 하고, 사랑 가득한 스킨십도 진심을 담아서 하는 편이다. 다만 상대방에게 깊이 몰입하는 ENFJ 유형의 특성상, INFJ 유형의 시간이나 일정을 독차지하지 않도록 주의하는 것이 좋다.

SP 기질과 INFJ 유형

SP 기질은 INFJ 유형의 사색이나 철학적인 고민을 지루하고 재미없다고 생각할 수 있다. 매번 듣다가 졸릴 수 있다. 하지만 INFJ 유형의 모습이 엉뚱하고 매력적이라고 느낄 수도 있다.

ESTP ♥ INFJ

ESTP 유형은 실용적 · 적극적 · 활동적이고, INFJ 유형은 몽상과 은둔을 즐긴다. 이렇게 서로 완전히 반대인 두 유형이 만나면 의외로 독특하고 활동력 넘치는 연애를 하게 될 수도 있다. 자신이 경험해보지 못한 세계를 경험하고 영감을 받을 수도 있다. 더군다나 두 유형 모두 상대방을 속박하지 않는 편이라서 편안한 관계가 될 수 있다. 하지만 관계를 가볍게 여기기 쉬운 ESTP 유형의 특성이 드러나는 순간, INFJ 유형의 마음이 멀어질 가능성도 있다.

ISTP ♥ INFJ

ISTP 유형과 INFJ 유형은 모험이나 쾌락에 대한 생각이 달라서 서로 친해지기 어렵지만, ISTP 유형의 쿨하고 솔직한 면이 매력적으로 느껴질 수 있다. ISTP 유형이 좀 더 말로 부드러운 애정 표현을 하려고 노력한다면 둘 사이의 관계는 더 순조롭게 흘러갈 것이다.

ISFP ♥ INFJ

ISFP 유형과 INFJ 유형은 두 유형 모두 간섭이나 통제를 매우 싫어하고 상대방의 사적인 공간을 인정해주기 때문에 잘 지낼 수 있다. 또 ISFP 유형의 아기자기한 현실 감각과 느긋함 덕택에 INFJ 유형은 마음의 평온을 얻는다. 단 (I/E)SFP 특유의 느긋함과 무계획적인 면이 지속될 때, INFJ 유형이 결정이나 계획을 떠맡게 되면서, 장기적인 관계에서 INFJ 유형이 피곤함을 느낄 수 있다.

ESFP ♥ INFJ

ESFP 유형을 연인으로 만났을 때, INFJ의 내면적 복잡성은 훨씬 완화된다. ESFP 유형이야말로 모든 유형 중에서 가장 낙천적이고 느긋한 유형이기 때문이다. ESFP 유형의 단순함과 밝은 에너지에서 INFJ 유형은 편안함을 경험한다.

SJ 기질과 INFJ 유형

SJ 기질의 신뢰성 있는 모습은 INFJ 유형에게 매력적으로 다가올 수 있다.

그러나 행사나 기념일, 관습을 중요하게 생각하는 SJ 기질의 모습을 보고, INFJ 유형이 불편하게 느낄 수는 있다. 특히 형식적이거나 관례적인 것보다 내면적인 성취나 개성을 중요하게 생각하는 INFJ 유형이기에, 관습적인 관계로 들어가려면 많은 결심이 필요하다. INFJ 유형과 오래도록 좋은 관계를 유지하고 싶다면, SJ 기질들은 덜 통제적이고 더 방임적인 연인이 되도록 노력할 필요가 있다.

ISTJ ♥ INFJ

ISTJ 유형과 INFJ 유형의 관계도 신뢰감과 도덕심에 뿌리를 두고 있을 가능성이 크다. INFJ 유형은 상대방의 계획적인 면과 실무적인 능력에 감탄하고, 허세를 부리지 않는 ISTJ 유형의 모습에 믿음을 갖는다. 다만 변화를 싫어하는 ISTJ 유형의 일관적인 면이 장점이 아니라 뻔하게 느껴질 때, INFJ 유형의 마음이 조금씩 떠날 수 있다.

ESTJ ♥ INFJ

ESTJ 유형도 ISTJ 유형처럼 자기 관리를 잘하고 든든한 모습을 보여줘서 INFJ 유형이 의지할 수 있다. 자신감 있게 자기주장을 하는 모습, 화통함, 현실적인 모습, 자기 사람을 챙기는 믿음직한 모습에 반할 수 있다. 다만 관계가 오래 지속될수록 서로 대화 코드가 안 맞는다고 느낄 수 있다.

ISFJ ♥ INFJ

ISFJ 유형은 따뜻하고 친절하며 감수성이 높아서 둘 사이에 연애 기류가 흐를 수 있다. 하지만 ISFJ 유형은 겉보기보다 자기 주관이 강하고 보수적인 일면도 있는데, INFJ 유형은 그런 점이 잘 안 맞는다고 느낄 수 있다.

ESFJ ♥ INFJ

INFJ 유형이 ESFJ 유형과 사귀면, 사랑받는다는 느낌을 듬뿍 받을 수 있다. 하지만 이 관계 역시 지속할수록 대화의 소재가 서로 맞지 않는다는 느낌을 피할 수 없다. 또 ESFJ 유형은 따뜻하고 감수성이 풍부하면서도 공동체의 규칙을 중요하게 생각하는 편이라서, INFJ 유형이 구속받는 듯한 느낌을 받을 수도 있다.

#INFJ_유형_연애는?

1. Let it be : 속박하지 않고 강요하지 않는다. 억지로 만들어가는 관계를 좋아하지 않는다. 인연이 아니라면 (마음이 아파도) 놓아준다.
2. 길냥이 연애 : 쉽게 친해지지 않는다. 경계심이 많다.
3. 영혼의 교감, 정신적 교감, 내적 친밀감이 중요하다.

INFJ 유형과 연애 궁금증①

"먼저 만나자고 말하지 않아요."

INFJ 유형은 확신을 주지 않는 유형이라는 말이 있다. 때로는 썸만 몇 년씩 계속할 정도다. 그 이유는 INFJ 유형이 자신의 개인적인 생활을 중요하게 생각하기 때문이기도 하고, 연애를 시작하게 된 이후의 관계에 대해 지나치게 고민이 많은 타입이기 때문이기도 하다.

INFJ 유형은 길냥이 같은 면이 있어서 잘 모르는 사람이 친절한 얼굴로 먹이를 들이밀면 달아나 버린다. 이들은 경계심이 많기 때문에 상대방을 좋은 사람이라고 생각해야 마음을 연다.

INFJ 유형이 상대방에게 먼저 만나자고 이야기하려면 많은 내적 단계를 거쳐야 한다. 인간적 호감과 이성적 호감을 함께 느껴야 하고, 상대방이 자신을 진심으로 좋아하는지에 대한 확신도 필요하다. 길냥이가 상냥한 목소리만으로 상대방의 집에 따라 들어가지 않듯이, INFJ 유형 역시 상대방에 대한 확신이 없다면 쉽게 마음을 열지 않는다.

썸 단계에서 고백으로 넘어가기까지 속도가 다른 유형보다 느리고 길기 때문에, INFJ 유형을 좋아하는 상대로서는 당혹스럽거나 답답할 수도 있다.

INFJ 유형이 먼저 만나자는 얘기를 하지 않는다고 해서 사귈 생각이 없는 것으로만 보기엔 무리가 있다. 이 유형을 좋아한다면 무작정 기다리기보다는, 먼저 솔직하게 자신의 진심을 보이고 다가가보는 것도 괜찮다.

이때도 부담스럽거나 급하게 접근하는 것만은 주의하자. 솔직하게 자신의 호감을 표현하고, 잘 대해주되, 처음부터 1:1로 만나자는 말로 부담을 주지는 않도록 노력한다. 사귀자는 말도 쉽게 건네지 말자. 길냥이와 친해지기 위한 시간이 필요하다.

여기서 한 가지 주의할 점은 INFJ 유형은 사귀고 싶지 않은 상대에게도 예의를 지키고 친절을 베푸는 경우가 있다는 점이다. INFJ 유형이 사무적인 예의를 지키는지, 단순히 인간적인 호감에서 친절한지, 사귀고 싶은데 고민하고 있는지를 잘 파악하는 것도 필요하다.

INFJ 유형과 연애 궁금증②

"정말 INFJ 유형은 외모보다 마음을 우선 보나요?"

상대방의 외모에 반하는 것은 당연할 수 있지만, INFJ 유형은 다른 유형에 비해서 외면적인 모습 자체에 덜 흔들리는 편이다. 이들은 상대방의 정신적인 세계에 매료되는 면이 많은 것 같다.

INFJ 유형은 직관적으로 한눈에 상대방을 파악하는 편이라서, 단순한 겉모습뿐만 아니라 분위기나 목소리, 향기, 말할 때 행간과 행간 사이에서 느껴지는 숨결, 그 사람의 성품이나 심정, 스타일 등 통합적인 면을 한순간에 느낀다. INFJ 유형은 피부 내면의, 그 사람이라는 '숨은' 실체를 자신도 모르게 파악한다.

물론 그 판단이 항상 옳은 것은 아니지만, 그런 첫인상이 남들보다 강렬하다 보니, INFJ 유형은 자신과 안 맞는다고 생각하는 사람을 본능적으로 거부하기도 하고, 느낌이 좋은 사람에게는 무방비하게 마음을 열고 호감을 느끼기도 한다.

이들은 외모 너머의 진정한 본성을 감지하는 편이다. 누군가와 사랑에 빠지는 조건에 외모는 분명히 영향을 미칠 수 있다. 하지만 상대방이 진실하지 않다면, 외모가 아무리 훌륭해도 이들은 쉽게 사랑에 빠지지 않는 편이다. 특히 자주 거짓말을 하거나, 마음을 저울질하는 등 사랑에서 기술적인 면을 우선시하면 INFJ 유형의 마음을 얻기 어렵다.

INFJ 유형에게 외모는 필수가 아닐 수 있다. 외모에 대한 자신만의 독특한 기준(취향)이 있는 경우도 많다.

INFJ 유형과 연애 궁금증③

"잘 사귀다가 갑자기 연락이 없어요."

INFJ 유형은 NF 기질 중에서 가장 상대방의 말이나 행동에 신경을 많이 쓰고, 상대방 위주로 대하는 편이다. 혹시나 상대방이 서운하게 하거나 배려를 당연하게 받아들인다고 해도, 당장은 뭐라고 불만을 호소하지 않는다.

문제는 이런 상황이 오랫동안 쌓였을 때, INFJ 유형이 몇 번이고 상황을 참다가 말없이 관계를 정리하는 경우가 있다는 것이다. 이런 식의 정리는 한순간에 이루어지는 게 아니라 그동안 관계에서 참으며 고민했던 순간들의 결과라서, INFJ 유형이 자신의 결심을 번복하는 일은 거의 없다.

INFJ 유형이 고민을 들어주고, 상대방이 원하는 장소나 음식을 배려해서 맞춰줬다면, 데이트하는 동안 결정을 내리고 나서 "INFJ야, 너는 괜찮니?"라고 한 마디 물어봐 주는 것만으로도 INFJ 유형은 감동한다. 사귀는 동안, INFJ 유형이 여러 번 고민 상담을 받아줬다면, 이 유형이 어떤 일로 혹시 힘들어하는 건 없는지 조용히 이야기를 들어보는 시간을 가져본다. INFJ 유형은 남의 고민은 잘 들어주지만, 자신의 고민은 잘 이야기하지 않는 편이기 때문이다.

SNS에 즉답을 하지 않는 것은 애정 여부와는 상관이 없을 수 있으니 이 점도 주의. INFJ 유형은 신중한 대답을 하고 싶어서 메시지에 답장을 늦게 하는 경우도 많고, 생각을 거듭하다가 때를 놓쳐서 대답을 못하는 경우도 꽤 많다. 단순히 답신이 늦거나 답을 안 하는 것만으로는 INFJ 유형의 마음을 판단하기는 어렵다.

INFP

✿ 나만의 뮤즈를 찾아서 ✿

INFP _인프피

연애에 있어서 이 유형은 이상주의자 중의 이상주의자다. 베아트리체, 구원자, 여신, 완벽한 반쪽을 기대하며 파랑새를 찾듯이 떠돈다. 이들은 '나만의 뮤즈'를 찾는 유형이다. 상대에게 지나친 환상을 품다가, 상대가 자신 생각만큼 완벽하지 않다는 사실을 깨닫고 실망하는 과정을 반복한다. 그렇다고 해서 이들이 바람둥이라는 얘기는 아니다.

INFP 유형은 유리 같은 심장을 가진 여리고 순수한 유형이다. 낯가림도 심하고, 경계심도 많고, 자신을 개방하는 데 조심스럽다. 하지만 한번 마음을 열면 콩깍지라도 쓴 것처럼 상대방에게 흠뻑 빠진다. 일편단심에 헌신적이기도 하다. 그래서 이 유형을 '철벽인데 금사빠'라고도 부른다.

실제 연인의 모습이 어떻든지 간에, 연인을 자기식대로 이상화하는 경향이 있어서, 그(그녀)의 단점을 잘 보지 못한다. 그러다가 시간이 흐르고 콩깍지가 사라지면, 이들은 다시 나비처럼 이상 속 연인을 찾아 날아간다.

이들의 사랑은 한마디로 신기루 같은 사랑이라고도 할 수 있다. 현실적인 연애라기보다는 '덕후'가 되는 과정과도 비슷하다. 짝사랑 상대와 결혼식까지 상상한다. 그러면서도 직접 고백하기보다는, 로맨스 소설을 읽으면서 이불에서 나오지 않는다. 대부분의 연애는 머릿속에서만 발화했다가 사라진다.

이 몽상가와 사랑에 빠졌다면 어떻게 하면 좋을까?

INFP 유형을 설레게 하려면 삶의 가치에 대한 이들의 관심을 이해해야 한다. 이들이 사랑에 빠지는데 상대방의 집안, 직업, 학벌, 경제적, 물질적 조건은 중요하지 않다. 이들은 상대방의 신념, 가치관, 주관 등에 설레는 경우가 많다.

INFP 유형은 대화 코드가 잘 맞는 사람에게 빠져든다. INFP 유형과 사귀고 싶다면, 이들의 문학적인 감성, 세상을 개선하고자 하는 소망, 따뜻한 마음과 뜨거운 열정, 몽상적인 측면을 이해하는 게 좋다.

그리고 이들과의 연애에는 몽글몽글한 감성이 필요하다. 데이트할 때는 바다에 가서 노을을 보고, 멋진 풍경 사진을 감각적으로 찍고, 추억을 쌓아보도록 한다. 향이 좋은 촛불과 조명 아래서 저녁 식사를 하거나 같이 연극이나 영화를 보는 것도 좋다. 인상 깊었던 영화 속 한 장면이나 소설 속 인물에 대한 깊이 있는 이야기를 나눈다. 감성적인 노래를 함께 들으면서 상상 속으로 빠져들어 가본다.

INFP 유형은 철벽이 무너지는 순간, 사랑꾼으로 변신한다. 한번 사랑에 빠지면 애교도 많아진다. 연인과 같이 있으면 귀여운 면, 사랑스러운 모습을 자주 보여준다.

그렇다고 시도 때도 없이 연락하면 이들은 달팽이처럼 껍질 안으로 숨어들어 갈 수 있다. INFP 유형은 자유를 중요하게 생각한다. 혼자만의 시간이 필요하다. 연인이라도 자신의 사생활에 지나치게 간섭하면 피곤함을 느낀다. INFP 유형과 사귈 때는 느긋함과 인내심이 필요하다.

한편 이들은 싸울 상황에서도 부딪히기보다는 피하는 경향이 있다. 갑자기 잠수를 타기도 한다. 자기 의사 표현을 잘하지 못하는 편이라서, 혼자서 속앓이하는 경우도 많다. 그래서 이들이 원하는 걸 말하지 않아도 미리 배려하거나 물어봐 주는 게 꼭 필요하다.

INFP 유형에게 피해야 할 것은 밀당과 감정 저울질이다. 밀당을 하면 밀리기만 할 뿐 당김 없이 점점 멀어져 간다. 반대로 이들에게 해주면 좋을 것은 적당한 거리 유지, 사생활 존중, 따뜻한 시선과 말투, 지속적인 다정함이다. 자신과 코드가 잘 맞고, 깊은 교감을 나눌 수 있으면서도, 개인주의를 인정해주는 사람이 이들의 이상형이라고 할 수 있다.

다른 기질과의 관계를 통해 INFP 유형의 연애를 보다 자세히 알아보자.

NT 기질과 INFP 유형

INFP 유형은 직관형(N)과 상호 케미가 좋은 편이다. 대화의 핀트가 잘 맞기 때문이다. 하지만 NT 기질은 감정적으로 담백하기에 감정 면에서 서로 잘 안 맞는다고 느낄 수 있다. NT 기질이 보기에 INFP 유형은 감정을 우선하기 때문에 합리적이지 않다고 생각할 수 있다. 반면 INFP 유형은 자신의 풍부한 감정 세계에 대해 NT 기질과 대화하기 어렵다고 느낄 수 있다.

INTJ ♥ INFP

INFP 유형은 INTJ유형과 친밀한 관계를 유지할 가능성이 높다. 서로 개인적 영역을 상호 존중하기 때문이기도 하고, INTJ 유형의 방대한 지식이나 전문적인 식견, 상상력에 INFP가 매력을 느끼기 때문이기도 하다. 개인차가 있겠지만, INTJ 유형도 차분하면서도 사차원적인 매력이 넘치는 INFP 유형을 매력적이라고 생각할 가능성이 높다. INTJ 유형은 통상 ENFP · INFP 유형의 천진함과 순수함, 상상력에 매료되는 경우가 많다.

INTP ♥ INFP

INTP 유형과는 서로를 구속하지 않는 면이 편해서, 친구로도 연인으로서도 좋은 에너지를 나눌 수 있다. 이들은 둘 다 즉흥적인 아이디어와 심도 깊은 철학적 사고를 동시에 즐기면서 다양한 상상력을 나눌 수 있다. 뭔가에 몰두하고 수집하는 취미도 닮았다.

ENTP ♥ INFP

ENTP 유형과 INFP 유형은 거의 반대 성향이기 때문에 매력을 느낄 수 있다. ENTP 유형은 시원시원하고, INFP 유형은 망설임이 많다. ENTP 유형은 자기식대로 밀고 나가고, INFP 유형은 ENTP 유형의 화통함에 끌린다. 서로 끌고 당기는 연애가 가능하다. ENTP 유형은 INFP 유형의 긍정적인 리액션에 에너지를 얻는다. 단지 ENTP 유형이 INFP 유형을 감성 과

다라고 생각할 우려가 있고, INFP 유형은 어쩌다 보니 ENTP 유형의 '썸 추진력'에 자석처럼 끌려다닐 위험도 있다.

ENTJ ♥ INFP

ENTJ 유형은 수줍은 INFP 유형을 리드하는 경향이 있다. INFP는 자신을 확 사로잡는 ENTJ에 의외로 매료되는 경우가 많다. 자신에게 부족한 점을 ENTJ가 모두 갖고 있기 때문이다.

INFP 유형은 자기가 잘 활용하지 못하는 기능을 능수능란하게 다루는 상대방에 빠진다. ENTJ는 예민한 감성에 자기 세계가 확실하고 예술적 감각이 좋은 INFP에 매력을 느낀다. ENTJ는 정신적 격렬함에서 빠져나오지 못하는 INFP에 부지런하게 방향을 제시하면서 재능을 발전하도록 돕기도 한다. 서로 다정하게 대해주면 얻을 게 많은 커플이다.

NF 기질과 INFP 유형

INFJ ♥ INFP

INFP 유형과 INFJ 유형은 처음부터 친해지기가 좀 어렵다.

둘 다 연애에 조심스럽게 접근하는 편이기 때문이다. INFP 유형은 좀 더 돌발적인 면이 강하고 마음의 속도가 빠른 편이다. 반면 INFJ 유형은 좀 더 거리를 가지고 싶어 한다. 하지만 감성적으로 잘 맞고, 관심사도 비슷해서, 이들은 마음이 가장 잘 맞는 커플이기도 하다.

ENFJ ♥ INFP

INFP와 ENFJ 유형은 ENFJ 유형이 연애 마술사 같은 언어 표현으로 INFP 유형을 감싸 안고, INFP 유형이 ENFJ 유형의 이야기를 경청하면서, 둘만의 따뜻한 애정 존(Zone)을 만든다. 처음 사귈 때 ENFJ 유형이 친근하게 다가오면서 애정 표현을 하는 경우가 많은데, INFP 유형이 경계심을 가지고 '거리두기'를 할 수 있다.

ENFP ♥ INFP

INFP 유형과 ENFP 유형은, 텐션이 낮은 INFP에게 ENFP가 에너지를 나눠주면서 두 사람 사이에서 긍정적인 에너지가 순환하는 관계다. 둘 다 취미나 취향에 올인하는 편이며, 즉흥적인 데이트도 자연스럽다. 은유나 상징으로 가득한 대화 방식도 서로 통한다. 그러나 두 유형 모두 충동적인 소비를 하는 편이라서 자금 관리에 주력할 필요가 있다.

INFP ♥ INFP

INFP 유형끼리 사귄다면 영화 '가위손'의 두 어린 연인이나 '로미오와 줄리엣'처럼 로맨틱한 사랑에 흠뻑 빠질 수 있다. 단, 현실적인 문제를 외면하거나 대처하지 못해서 난처한 상황에 빠질 수도 있다.

SP 기질과 INFP 유형

ISTP ♥ INFP

ISTP와 INFP 유형의 연애는 차가운 빙산과 타오르는 불의 만남 같다. ISTP는 생각이 단순명료하고 현실적인데, INFP는 공상이 많고, 사고가 복잡하다. INFP는 다정한 애정 표현을 좋아하는데 ISTP는 다정한 말을 어색하게 생각한다. ISTP는 말보다 행동으로 애정을 표현하려고 든다. ISTP는 좀 더 다정한 애정 표현을 많이 해주도록 노력하고, INFP는 ISTP에 원하는 게 있을 때 좀 더 직설적으로 요청하도록 하면 좋다. INFP는 상대방의 감정을 신경 쓰느라 하고 싶은 말이 있어도 돌려 말하는 경우가 많은데, ISTP는 그 속뜻을 알아채지 못할 것이다.

ISFP ♥ INFP

ISFP 유형과 INFP 유형은 둘 다 귀차니즘이 심하다. 자주 만나거나 상대방을 재촉하는 걸 싫어한다. 둘 다 감성적이고 예술적이어서 정서적으로 잘 소통할 수 있다.

백일몽에 빠진 INFP와 기술적이면서도 예술적 이해도가 높은 ISFP는 서로 잘 맞는 짝이다. 다만 어느 날 ISFP의 현실적인 면이 두드러져 보일 때, INFP가 더 이상 깊은 관계가 되기 어렵다고 한계점을 느낄 수 있다. 둘 다 상대방에게 섭섭한 점이 있어도 제대로 말하지 않기 때문에, 애정 갈등이 생겼을 때 해결이 쉽지 않다.

ESTP ♥ INFP

INFP 유형은 ESTP 유형이 접근하면, '날 가벼운 마음으로 대하는 건가?'라고 경계심을 가질 수 있다. ESTP 유형은 타인과 스스럼없이 잘 지내고 인간관계에서 깊이보다 넓이를 추구해서 어른부터 아이까지 누구하고도 잘 지낸다. 반면 INFP 유형은 소수의 사람과 깊이 있는 관계를 갖고 싶어 하고, 한 번 싫은 사람은 끝까지 싫어하는 면이 있다. INFP 유형과 사귀고 싶다면 ESTP 유형은 첫인상이 중요하다. 연애를 시작하면 ESTP 유형은 INFP 유형의 의사를 계속 물어봐 주며 배려심을 보이도록 한다.

ESFP ♥ INFP

ESFP 유형과 INFP 유형이 만난다면 INFP 유형은 기가 빨리는 느낌을 받을 수 있다. ESFP의 높은 에너지와 인싸력에 마치 파워 에너자이저를 보는 느낌으로 신기하면서도 정신이 없을 수 있다.

둘 다 감정적인 소통은 잘 되지만, 오래 사귈수록 서로 원하는 게 달라서 상대방에게 실망할 가능성도 있다. 깊은 생각의 소용돌이 속에서 헤엄치며 즐거워하는 INFP 유형과 생각은 단순할수록 좋다고 여기는 ESFP 유형 사이의 간극이 커질수록, 서로를 이해하기가 힘들어진다.

SJ 기질과 INFP 유형

ISTJ ♥ INFP

INFP 유형이 연인에게 원하는 것은 문화 예술적인 면에서 자기 생각을 피력하면서 서로 소통하는 것, 그리고 다정한 애정 표현이다.

그런데 ISTJ 유형은 애정 리액션 버튼이 잘 작동하지 않는 편이고, 예술이나 철학에 대한 이야기보다 실질적인 주제로 대화하기를 즐긴다.

현실적인 학위나 자격증, 실력에 더 가치를 두는 ISTJ 연인과의 사이에서 INFP 유형이 답답함을 느낄 가능성이 높다. 단 ISTJ 유형은 꾸준하게 진솔한 연애를 하는 편이라서, INFP 유형이 그런 면을 신뢰한다면 둘 사이는 좀 더 진전될 수 있다.

ISFJ ♥ INFP

사랑에 열정적으로 올인하려는 INFP 유형이 보기에 ISFJ 유형은 현실적이고 계산적으로까지 보일 수 있다. 반대로 말하면 ISFJ가 보기에 INFP는 지나치게 감정적으로 행동하며 현실성이 부족해 보인다.

그러나 ISFJ는 연인을 잘 보살피고 서포트를 아끼지 않으며, 말과 행동이 상냥해서 그 점이 INFP 유형의 마음을 움직일 수 있다.

ISFJ 유형의 계획적인 면과 꾸준함이 INFP 유형에 믿음을 주고, INFP 유형의 느긋하고 평화주의적인 면이 ISFJ 유형에게는 여유를 주기도 한다.

ESTJ ♥ INFP

ESTJ 유형과 INFP 유형은 모든 글자가 반대라서 서로 보완적인 관계가 될 수도 있지만, 반대로 서로를 이해하기 힘든 관계가 될 수도 있다.

질문이 많고 직진하는 연애를 하는 ESTJ 유형과 (빨리 친해지고 싶음) 자기 마음을 쉽게 말하지 못하는 INFP 유형(쉽게 친해지기 어려움)이기에 초반부부터 갈등이 예상된다.

INFP 유형은 ESTJ 유형의 적극성을 공격적이라고까지 느낄 수도 있다. 두 유형 모두 밀당을 하지 않고, 연인이 되면 한 사람에게 깊이 정성을 다하는 면이 있어서, 상대방을 바꾸려 들지만 않는다면 좋은 합을 이룰 수 있다.

ESTJ 유형은 냉철한 판단력을 앞세우기보다 INFP 유형을 감싸주는 애정 표현을 더 많이 하고, INFP 유형은 ESTJ 유형의 완벽한 데이트 플랜과 철저한 준비를 인정하고 칭찬해준다면, 서로의 갈등은 줄어들 것이다.

ESFJ ♥ INFP

ESFJ 유형과 INFP 유형은 데이트하면서 둘 다 세심하게 상대방의 반응을 살피고 배려심 있는 행동을 한다. 하지만 대화가 깊어질수록 뭔가 미묘하게 어긋나는 점을 느낄 수도 있다. ESFJ 유형은 신변잡기나 주변인, 드라마, 연예인 등에 대한 토크를 즐기는 편인데, INFP 유형은 스몰 토크에 능숙하지 못하고, 즐거움을 느끼기도 어렵다.

대화의 결이 맞지 않을 때 INFP 유형은 '이 사람은 내가 생각했던 이상적인 연인은 아닌가 보다.'라고 생각하고 마음을 서서히 접을 가능성이 있다.

ESFJ 유형은 INFP 유형의 몽상적인 세계나 취향의 깊이에 좀 더 관심과 애정을 표현할 필요가 있고, INFP 유형은 시시콜콜하게 신경 써 주고 챙겨주는 ESFJ 유형의 노력에 더 감사를 표현할 필요가 있다.

#INFP_유형_연애는?

1. 상상 연애만 100,000,000번. 몽상력 만렙.
2. 몽글몽글한 감성을 가진 사랑꾼 연인.
3. '덕후'의 연애-호감이 가는 상대를 우상화.

♥ INFP 유형과 연애 궁금증① ♥

"INFP가 내게 이성적인 호감이 있는지 아는 법은?"

INFP 유형의 그린라이트는 어떤 걸까?

INFP 유형은 밀당을 하지 않는다. 그래서 이성적 호감이 없다면 더 이상 연락하지 않는다. 이들이 친밀한 관계를 맺으려고 든다면 정말 상대방이 좋은 것이다. 집에 놀러 오라고 초대한다든지, 상대에 대한 세세한 사항을 오랜 시간이 지난 후에도 다 기억하고, 손을 잡는 등 스킨십을 해도 거절하지 않는다.

♥ INFP 유형과 연애 궁금증② ♥

"INFP 유형의 철벽을 어떻게 깰 수 있나요?"

INFP 유형은 마음에 드는 상대라도 갑자기 접근하면 도망친다. 제대로 알지도 못하는 상대가 즉흥적인 감정으로 접근한다면 받아줄 리가 없다. 친한 친구처럼 부담 없이 접근해서 INFP 유형의 말에 공감하는 모습부터 보여주도록 한다. 사랑 이전에 INFP 유형의 테두리 안에 들어가는 게 시작이다. 어느 날부터 INFP가 편하게 자신의 고민을 얘기하거나, 자기가 관심 있어 하는 분야에 대해 의견을 이야기한다면, 이들의 장벽 안에 들어갔다고 봐도 좋다.

♥ INFP 유형과 연애 궁금증③ ♥

"INFP 유형과 사귀기 시작했는데도
연인에게 계속 조심스러운 모습을 보여준다면?"

INFP유형은 연애 초반에는 마음을 주지 않으려고 하고, 연애하면서도 연인의 눈치를 본다. 연인이 돼도 INFP 유형은 계속 망설인다.

하지만 이들이 연인의 눈치를 보지 않고 자유롭게 행동하고 말한다면 마음을 내준 것이다. 고민을 털어놓거나, 철학적 주제로 심도 깊은 이야기를 나누려고 든다면 마음을 열었다고 봐도 된다. 아무에게나 속 깊은 대화를 하진 않지만, 마음을 일단 열기 시작하면, INFP 유형은 매우 열띤 대화 상대가 될 수 있다.

이들은 원래 관심 있는 주제가 나오면 말이 많아지는 경향이 있으니 수다의 여부로 INFP가 사랑에 빠진 정도를 알아볼 수도 있을 것이다. 하지만 INFP 유형은 상대가 너무 좋아도 그의 앞에서 뚝딱거리며 어색하게 행동하는 경우도 있으니 상황을 잘 봐야 한다.

ENFJ

✿ 로맨틱의 정석 ✿

ENFJ _엔프제

열여섯 가지 유형 중에서 가장 다정하고 헌신적인 연인은 어떤 유형일까? 로맨티스트 사랑꾼, 바로 ENFJ 유형이다. 이 유형은 '다정함의 끝판왕'이라고 정의할 수 있을 것이다. 이들의 사랑은 마음의 결을 부드럽게 쓰다듬는 천상의 사랑이다. 감싸주고 이해해주고 보살펴주는 사랑이다.

ENFJ 유형은 무심한듯 잘해주는 연인이 아니라, 달콤한 말과 포옹, 공감 능력으로 연인을 모포처럼 감싸 안는 연인이다. 사랑의 연금술사이기도 하다. 음악, 시, 아름다운 문장을 활용하고, 적극적으로 애정 표현을 한다. 이들은 연인에게 칭찬 샤

워를 하고, 애정 어린 표현으로 쓰다듬어준다. 또 열여섯 유형 중에서 가장 언변이 뛰어난 유형이다. 단순히 말을 잘하고 많이 하는 게 아니라 상대의 깊숙한 욕구를 알아채고, 반응하고, 격려하는 데 탁월하다.

ENFJ 유형은 밀당이나 문어발 연애를 좋아하지 않는다. 좋아하는 상대에게는 솔직하게 직진한다. 문제는 사랑에 빠지기까지 넘어야 할 정신적인 문턱이 꽤 높다는 점이다.

마음에 드는 상대에게 직진하기까지 이들은 예열 기간을 거친다. 그 기간에 상대방의 말이나 행동이 자신의 가치관과 맞지 않을 때 조용히 마음을 돌린다. 이들은 인류애적인 다정함을 기본 장착했지만, 의외로 누군가와 연인이 되기는 쉽지 않다. 잠깐 유희를 즐길 대상이 아니라, 오래도록 연애하고 서로의 감정을 나눌 수 있는 소울메이트를 찾기 때문이다.

특히 ENFJ 유형은 서로 취향을 나눌 수 있는 상대에게 반하는 경향이 있다. 자신만의 취향이 있고, 그 독특한 취향이 자신과 잘 통하는 사람, 대화를 나누면서 자기 생각을 확장할 상대에게 반한다. 그렇다고 해서 연애 상대가 꼭 지적일 필요는 없다. 세상에 대한 생각과 감성을 자신과 공명하면서 서로 공감을 나눌 수 있는 상대면 족하다. 상대방의 집안, 직업, 학벌, 경제적 조건은 그다지 중요하지 않다.

이들은 수박 겉핥기식 데이트에서는 만족감을 느끼기 어렵다. 사적으로 친밀한 대화, 특히 관념적이거나 추상적인 대화를 나누면서 즐거움을 느낀다. 그리고 자신이 상대방을 신뢰하고 아껴주는 만큼 상대방도 자신에게 진실하기를 바란다. 그래서 가끔 지나치게 세속적이거나, 이기적인 행동을 반복하거나, 신뢰를 저버리는 모습을 보여주는 연인에게 차갑게 마음이 식기도 한다.

ENFJ 유형과 연애한다면 잘난 사람인 척할 필요는 없다. 도리어 유세하듯 잘난 척하는 허세 어린 모습을 금방 알아보고, 직관적으로 거짓을 간파하기 때문에, 완벽하지 않더라도 솔직한 모습을 보여주는 편이 좋다.

ENFJ 유형은 다정하고 배려심이 많아서, 연인과 연인의 주변을 챙기느라 정작 자신을 못 챙기기도 한다. 한번 믿은 상대에게는 온전히 마음을 주고, 실수했더라도 기다려주기 때문에, 가끔 이용당하는 연애를 하게 될 수도 있다. 하지만 무엇보다 상대의 품성을 연애에서 가장 중요한 가치로 여기는 유형이라서, 잠시 상처받더라도, 결국에는 기울어진 관계에서 빠져나와 자신을 추스를 것이다.

ENFJ 유형과 연애한다면 꼭 알아야 할 사항은 무엇일까?

이들은 연인을 깊이 이해하면서도, 사생활을 침해 받고 싶어 하지 않는 면이 있다. 항상 사랑하는 사람과 시간을 보내고 대화하고 싶어 하지만, 그러면서도 자신만의 영감 속 세계에 빠질 시간이 꼭 필요하다. 또 다른 유형보다 비난을 직접적으로 받아들이기 때문에, 비난조의 말을 하지 않도록 조심하는 것이 좋다. 이 말은 ENFJ 유형이 비난을 싫어하거나 비난을 수용하지 못할 정도로 마음이 좁다는 의미가 아니다. 단지 다른 유형에 비해 마음이 여리고 상대방의 부정적인 메시지에 정서적으로 민감하다는 의미다.

ENFJ 유형과 전혀 다른 가치관을 따르고 있다고 하더라도 이들이 가진 가치관 자체를 대놓고 비난하는 일만은 피해야 한다. ENFJ 유형은 무엇보다 '가치'에 무게중심을 두는 편이다. 세속적인 부분은 포기하더라도 정신적인 부분만은 양보하지 않으려는 고집이 있다. 자기 가치를 강요하는 일만은 반드시 피하는 것이 좋다.

다른 기질과의 관계를 통해 ENFJ 유형의 연애를 보다 자세히 알아보자.

NT 기질과 ENFJ 유형

ENFJ 유형은 NT 기질 특유의 지적인 모습과 뛰어난 상상력에 매료된다. 특히 INTP나 INTJ 유형처럼 내향성이 강한 유형에게 애정을 표현하고, 이들과 가까운 사이가 되고 싶어 한다.

INTJ ♥ ENFJ

INTJ 유형과는 서로의 개인적인 자리를 허용하는 범위만 조심한다면, 정신적인 부분에 대한 이야기를 나누면서 흥미로운 시간을 보낼 수 있다.

INTJ 유형은 모든 유형 중에서 가장 개인주의적인 면이 강한 유형이고, ENFJ 유형은 '댕댕이'처럼 항상 옆에서 주인을 지켜보고 싶어 하는 유형이기 때문이다.

INTP ♥ ENFJ

ENFJ 유형은 INTP 유형의 객관적인 사고력을 흥미롭게 여기며 배울 수 있다. 반면 감정 표현에 취약한 INTP 유형은 ENFJ 유형을 통해서 감정을 좀 더 쉽게 표현할 수 있다.

ENTP ♥ ENFJ

ENFJ 유형이 ENTP 유형을 보면 무엇보다 뭔가를 감추거나 꾸밈 없이 솔직하게 자신의 의견을 밝히는 모습에서 신뢰감을 느낀다. 두 유형 모두 좋아하면 직진하는 편이고, 연애에 대한 추진력도 뛰어나서, 만약 동시에 서로에게 호감을 느낀다면 급격하게 가까운 사이가 될 수 있다.

ENTJ ♥ ENFJ

ENTJ 유형은 발전할 수 있는 관계를 원하는 편이고, ENFJ 유형 역시 서로에게 뭔가 정신적으로 도움이 되는 관계를 원한다. 취미나 취향이 맞는다면, 두 유형은 연애하면서 서로의 관념적인 세계를 발전시켜나갈 수 있다.

NF 기질과 ENFJ 유형

ENFJ 유형은 같은 NF 기질과 연애할 때 안정감과 일체감을 느낄 가능성이 높다. 둘 다 정신적인 부분의 가치를 잘 알고 있기 때문이다. 하지만 서로 너무 닮아서 연애에 빠지기보다는, 동료나 친구로 더 적합할 수도 있다.

ENFP ♥ ENFJ

ENFP 유형은 자유분방하고 표현에 한계가 없는 편이라서 ENFJ 유형과 환상의 궁합을 이룰 수 있다. 두 유형 모두 플러팅 장인에 가깝기도 하다. 사교적인 면과 개인주의적이 공존하는 점도 서로 닮았다.

ENFJ ♥ ENFJ

ENFJ 유형끼리 연애한다면 편하게 지내겠지만, 서로의 단점이 강화되어 상대방을 지나치게 이상화할 위험도 존재한다. 두 유형 모두 독점욕도 강하고 사랑하는 사람과 끊임없이 함께 만나고 대화하고 싶어 하기 때문이다.

INFP ♥ ENFJ

INFP와 ENFJ 유형은 가장 잘 맞는 짝이 될 수 있다. 개인차는 있겠지만 INFP 유형의 소심한 면을 ENFJ가 사랑스럽게 생각하며, ENFJ의 따뜻한 온기 속에서 INFP가 자연스럽게 자기표현을 할 수 있게 되는 긍정적인 순환이 발생한다.

INFJ ♥ ENFJ

INFJ와 ENFJ는 서로의 철학적인 생각이나 취미 · 아이디어를 공유하고, 각자의 정신적인 세계를 이해 받고 소통하는 즐거움을 누릴 수 있다. 베스트프렌드처럼 서로 이해하고 배려하는 연인이 될 것이다.

SP 기질과 ENFJ 유형

SP 기질에게 ENFJ 유형은 신기한 존재다. 외부적인 것에서 스릴을 찾고, 모험과 도전 욕구가 큰 ESTP 유형이나 ISTP 유형은 감성적인 세계에 빠진 ENFJ 유형을 신기하게 느낄 수 있다.

ISTP ♥ ENFJ

ISTP 유형은 개인적인 감정의 세계에 잘 빠지지 않는 편인데, 감성과 관심, 애정으로 똘똘 뭉친 ENFJ 유형을 보면 신세계를 만난 느낌일 것이다. 처음에는 "뭐, 저런 사람이 있지?" 싶다가도 만남을 거듭하면서 ENFJ의 매력을 알게 된다. 의외로 '허당'인 면이 있다는 것, 따뜻해 보이는 겉모습이 속과 똑같다는 것도 알게 된다.

자신에게 부족한 면을 ENFJ 유형이 갖고 있기 때문에 만약 매력을 느낀다면 걷잡을 수 없이 ENFJ의 감성 세계에 빠져들 것이다.

ESFP ♥ ENFJ

ESFP 유형과 ENFJ 유형은 둘 다 친화력이 높아서 금방 친해질 수 있다. 하지만 표면적인 부분만 소통할 가능성도 존재한다. 이들은 서로의 감정 세계를 공유할 수 있으나, 세부적으로 관심을 두는 부분이 서로 다르기 때문에 장기적으로는 소통이 힘들어질 수 있다. ESFP 유형에게는 감정적인 체험이 중요하고, ENFJ 유형에게는 감정적인 깊이가 중요하기 때문이다. 상대방의 특성을 긍정적으로 받아들인다면 두 유형은 오래도록 열정적인 연애를 지속할 수 있을 것이다.

ESTP ♥ ENFJ

ESTP는 개방적이고 느긋하며 사회적 생존 스킬이 좋다. 무엇보다 재미있고 유쾌하다. 진지한 ENFJ 유형이 ESTP 유형을 통해서 삶의 무게를 좀 덜어낼 수 있다. 다만 즉흥적인 연애를 즐기는 ESTP 유형의 특성상, ENFJ가 ESTP 유형을 쉽게 신뢰하지 못할 수도 있다.

ISFP ♥ ENFJ

ENFJ 유형이 가장 매력을 느낄 수 있는 유형은 바로 ISFP 유형이다. SP 기질 중에서 가장 느긋하면서 조용하고, 배려심이 많은 편이라서 ENFJ 유형과 비슷한 듯 다른 듯 보완적으로 잘 어울린다. ENFJ와 연애한다면 ISFP 유형은 ENFJ의 다정한 애정 공세에 행복감을 느낄 것이다.

SJ 기질과 ENFJ 유형

SJ 기질과는 아주 좋은 관계가 될 수도, 서로에게 상처만 주는 관계가 될 수도 있다. 사회적인 이목을 중요하게 여기는 SJ 기질의 특성상, ENFJ 유형의 정신적 세계가 SJ 기질에게는 뜬구름처럼 느껴질 수 있다.

ISTJ ♥ ENFJ

ISTJ 유형이나 ISFJ 유형처럼 내성적인 SJ에게 ENFJ 유형의 천진난만한 친화력은 부담으로 다가올 수 있다. 타인과의 '거리두기'를 생활화하는 두 유형에게 ENFJ 유형의 애정 공세는 다소 부담스럽게 느껴질수 있다.

ESTJ ♥ ENFJ

ESTJ 유형은 사회적인 체계나 규칙, 세속적인 성공을 중요하게 생각할 뿐 아니라, 직설적으로 대화하는 편이라서, ENFJ

유형과 가장 많이 부딪칠 수 있다. 하지만 ENFJ가 정신적인 위안이 되어 주고, ESTJ가 현실적인 지지자가 되어준다면, 서로의 약점을 보완하는 좋은 관계가 될 수 있다.

ISFJ ♥ ENFJ **ESFJ ♥ ENFJ**

ISFJ와 ESFJ 유형은 지나치게 현실적인 시각을 고집하지만 않는다면 서로의 공감을 나누면서 ENFJ와 다정한 연인 사이를 이어갈 수 있을 것이다. 만약 연인으로서 오래도록 좋은 관계를 이어가고 싶다면, ENFJ의 취향이나 취미에 관심을 가지면 좋다.

#ENFJ_유형_연애는?

1. 상대의 자아와 상처까지 보살펴주는 멘토의 연애.
2. 댕댕이 연애: 쉽게 다가서고 친근함을 표현.
3. 모두에게 다정하지만, 연인에게는 최고의 애정꾼. 언어의 마술사, 애정 표현 끝판왕.

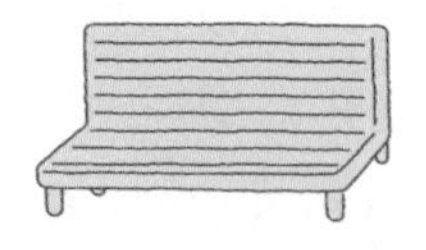

♥ ENFJ 유형과 연애 궁금증① ♥

"ENFJ 유형은 왜 이렇게 남사친, 여사친이 많나요?
왜 연인이 있는데도 다른 이성에게 잘해주는 거죠?"

ENFJ 유형이 가장 많이 받는 오해 중 하나는 다가오는 이성을 거절하지 못한다는 점과, 연인이 아닌 이성과도 스킨십(가볍게 팔짱을 낀다든지)까지 할 정도로 친근하게 지낸다는 점이다. 절대로 바람둥이가 될 수 없는 유형인데도, 바람둥이라는 오해를 받는 일도 있다.

하지만 이 부분은 명백히 ENFJ 유형의 특성을 잘 이해하지 못해서 생기는 오해다. ENFJ 유형은 다가오는 이성을 거절하지 못하는 게 아니라, 타인과의 교류를 거부하지 않을 뿐이다. 거절을 해야 할 순간에는 확실한 거절을 한다. 예를 들어 남사친 혹은 여사친과 둘이 만나서 놀이공원에 놀러 갈 수도 있다. 고민 상담을 해줄 수도있지만 그뿐이다. 그저 다른 유형에 비해 '친근'의 기본 문턱이 낮을 뿐이다. 연인이 아니기에 더 편하게 대해줄 수 있는 것이다.

남사친 혹은 여사친에게 잘해주는 것처럼 보이겠지만, 그 정도가 사실은 ENFJ 유형의 '디폴트' 값이라고 할 수 있다. 진짜 연인에게는 훨씬 더 정성을 다하고 잘해준다. ENFJ가 다른 사람들에게 잘해주는 모습이 싫거나 불편한 연인이라면 솔직하게 마음을 밝히고 좀 더 선을 지켜

달라고 부탁해보자.

물론 이런 부탁을 할 때도 비난하는 듯한 어투로 말하지 않도록 주의하도록 한다. ENFJ 유형은 다른 유형에 비해서 비판이나 비난에 취약해서 비판을 비난처럼 받아들이는 면이 있다. 단순히 사실을 지적하는데 그런 지적을 개인에 대한 평가처럼 느끼고 절망하기도 한다. ENFJ 유형과의 대화법은 '칭찬으로 시작해서, 요청을 가운데 섞고, 마지막은 칭찬으로 끝내도록' 한다.

♥ ENFJ 유형과 연애 궁금증② ♥

"ENFJ 유형이 예전만큼 잘해주지 않아요.
변심한 걸까요?"

ENFJ 유형은 연인과 오래 사귀었는데도 내면적으로 서로 변화하거나 발전할 부분을 찾지 못한다면 실망할 여지가 있다. ENFJ 유형은 연애 초반에는 경제적인 것은 물론 모든 면을 연인에게 헌신하며 맞춰주는 편이다. 그러나 사람인 이상 지속적으로 최고의 헌신을 보여주기는 힘들다. 일상적인 모습으로 자연스럽게 조금씩 회귀하는 것일 뿐인데, 그 모습이 연인에게는 변심처럼 느껴질 수도 있다. ENFJ 유형과 변함없는 사랑을 유지하고 싶다면, 내적인 자기 계발에 힘을 쏟는 것이 좋다. ENFJ 유형이 무리해서 헌신할 때 무작정 받지만 말고 미리 신경 써 주고 배려해주는 모습을 보이도록 한다.

ENFP

✿ 인간 멍뭉이의 연애 ✿

ENFP _엔프피

'엥뿌삐', '엔쁘삐'로 불리는 유쾌하고 해맑은 유형, 때로는 좋아하는 사람 앞에서 꼬리로 팽이를 돌리는 '댕댕이'처럼 귀엽고 사랑스러운 사람. 이 인간 강아지의 사랑 스타일은 어떨까?

ENFP 유형은 마음속에 있는 말을 숨기지 않고 다 개방하고, 항상 높은 텐션을 유지하며, TMI 범벅이다. 그렇다고 해서 이들을 유치하거나 어린아이 같다고 생각하면 곤란하다. 이 유형은 보기보다 진지하다. 이들은 깊은 대화를 좋아하고, 한번 사랑에 빠지면 한 사람에게만 '올인'하는 운명론자이기도 하다. 한마디로 이들은 사랑을 가볍게 여기지 않는다는 말이다.

물론 ENFP 유형의 사랑을 '풋사랑'에 비유하기도 한다. 그 의미는 이들의 사랑이 설익은 사랑, 덜 익은 미숙한 사랑이라는 말이 아니다. 뭔가를 계산하거나 결과를 예측할 만큼 농익거나 주도면밀하지 않지만 상큼하게 입안에서 감도는 신선한 풋사과 향처럼, 원초적인 향기를 지녔다. 나이와 상관없이 언제나 첫사랑에 빠질 준비가 되어 있다. 마음에 얼마나 많은 상처를 받았는가와는 상관없이 사랑에 있어서는 영원한 낙천주의자다.

이 큐피드의 헌신과도 같은 사람과 사랑에 빠지고 싶다면 어떻게 하면 좋을까?

ENFP 유형은 NF 기질로 상대방의 품성과 진실성을 먼저 본다. 이들 앞에서 부정적인 표현을 자꾸 하거나, 다른 사람의 뒷담화를 하거나, 기운 빠지게 하는 말을 반복하지 않도록 한다. 타인을 대하는 말투나 태도에서 기본적인 예의가 필요하다.

ENFP 유형을 설레게 하려면 외모를 가꾸기보다는, 이들에게 공감과 칭찬을 아낌없이 보내고, 즉흥적이고 충동적인 데이트를 함께 즐기면 된다. 티키타카가 잘 맞아서 함께 있을 때 행복한 연인이 된다면 이 유형은 연인을 떠나지 않을 것이다.

연인으로서 ENFP는 달콤한 애정 표현의 장인이고, 재롱과 애교도 넘치고, 자주 만나고 싶어 하며, 연락에도 빠른 답을 하는 편이다. 하지만 항상 연인과 함께 있고 싶어 하므로, 연인과 오랫동안 떨어져 있어야 하는 상황이라면 견디기 힘들어할 수도 있다.

ENFP 유형은 다른 유형에 비해 텐션이 높을 때와 낮을 때의 간격이 큰 편이다. 감정 기복이 있는 편이라서, 평소에는 다양한 플러팅과 칭찬, 관심과 애정으로 연인을 정신 못 차리게 감싸안다가 갑자기 기분이 침울해지거나 우울해 보일 때도 있다.

기분이 좋을 때는 연인이 어떤 말을 하거나 행동해도 웃어넘기지만, 우울 모드에 있을 때는 연인의 지적질이나 비아냥에 훨씬 예민하게 반응한다. 더구나 이런 상황이 반복되면 점차 '저 사람과 나는 잘 맞지 않는 것 같아'라고 생각하게 되고, 결국 이별을 선택할 수도 있다. ENFP 유형은 평화주의자라서 남과 다투고 싶어 하지 않는다. 그저 각자의 길을 갈 뿐이다.

ENFP 유형과의 연애는 때로는 작은 보트 하나에 의지해서 폭우 속 망망대해를 건너가는 것처럼, 한 치 앞을 짐작할 수 없다. 특히 안정성과 현실성을 중요하게 생각하는 연인이라면 ENFP의 몽상과 상상력, 이상주의, 즉흥성과 충동성에 고개를 절레절레 저을 수도 있다. 하지만 거꾸로 생각하면 이 유형과의 연애는 해변가에서 뛰어노는 아이처럼 신나고 즐겁고 유쾌

할 수도 있다.

ENFP 유형은 연애에서 이해관계를 따지지 않기 때문에, 타인의 시선이나 세간의 소문을 고려하지 않는 맹목적인 연애를 할 때도 있다. 그래서 때로는 위험한 사랑에 빠지거나, 이루어질 수 없는 사랑을 마음에 품고 고통스러워하기도 한다.

아이러니하게도, 현재 연애하고 있는 상대에게 항상 충실하고 마음을 다 바치고 있으면서도, 어쩐지 마음 한쪽이 서늘해서 망설이는 자신을 발견하곤 한다. 연애하면서도 이상적인 사랑에 대한 막연한 꿈을 항상 간직하고 있기 때문이다. 또 이들은 사랑하면서도 자신의 취미나 삶의 의미를 추구하는 작업을 버릴 수 없다. 그래서인지 이 유형은 결혼에는 쉽게 뛰어들기 힘들어한다. ENFP 유형과 결혼하고 싶은 이성이 있다면 '자유영혼'의 대명사 같은 이 유형을 얽매거나 강요하지 않고, 여유를 주는 태도가 필요하다.

다른 기질과의 관계를 통해 ENFP 유형의 연애를 보다 자세히 알아보자.

NT 기질과 ENFP 유형

ENFP 유형은 하늘에 떠 있는 몽실몽실한 뭉게구름과 같아서 감정적으로 항상 반쯤 허공에 정착해 있다. 이들은 항상 노을빛 파스텔톤의 색감을 유지하는 구름이기도 하다. 그런 유형이다 보니 도리어 차분한 초록빛 숲이나 안정적인 황톳빛 광야에 끌린다.

INTJ ♥ ENFP

ENFP는 INTJ와 천상의 궁합을 이루는 경우가 많다. INTJ 유형의 성숙한 어른스러움, 침착하면서도 '허당스러운' 일면, 밀당을 안 하는 정직함에 매력을 느끼기 때문이다. INTJ 유형이 지나치게 방어적이거나 공격적으로 대하지 않는다는 조건이 붙는다.

INTP ♥ ENFP

INTP 유형은 사교적이지 않지만 똑똑하고 정직하다. 게다가, 지적이면서도 잘난 척하지 않고 자신의 관심사에 전문적으로 몰두한다. 이런 면에서 ENFP가 매력을 느낄 수 있다. 단

ENFP 유형은 리액션을 잘해주는 상대에게 푹 빠지는 경향이 있어서, 서로 사귈 때 INTP 유형이 반응을 좀 더 적극적으로 보여주는 게 좋다.

ENTP ♥ ENFP

ENTP 유형과는 함께 즉흥성을 즐기고 재미있는 체험을 하며 감동한다. 그러나 ENTP 연인은 ENFP 연인의 감수성에 찬물을 끼얹지 않도록 조심하도록 한다. ENFP는 서운한 일이 있다면 바로 ENTP 연인에게 말하도록 한다.

ENTJ ♥ ENFP

ENTJ 유형은 믿음직하면서, 적극적으로 리더십을 발휘하는 차분한 유형이다. ENFP 유형이 이들의 진중함에 끌릴 수 있다. ENTJ 유형이 ENFP 유형과 가장 잘 지낼 방법은 사랑스러워하는 마음으로 ENFP 유형을 바라보고, 애정 표현을 많이 하는 것이다.

NF 기질과 ENFP 유형

INFJ ♥ ENFP

좌충우돌 ENFP 유형과, 조심스러운 INFJ 유형은 특별히 노력하지 않아도 상대방에게 끌리는 경우가 많다. 자신이 부러워하는 부분을 상대가 가졌다고 생각하기 때문이다. 천천히 달아오르는 INFJ 유형과, 후끈 달아오르는 '금사빠' ENFP 유형은 의외로 충돌이 없다. 서로의 연애 속도가 다르더라도 감성적인 부분에서 서로의 세계를 이해하기 때문이다. 그러나 ENFP의 감정 기복이 아주 클 때 INFJ가 적응하기 힘들어할 수 있다.

INFP ♥ ENFP

INFP 유형과 ENFP 유형은 둘 다 깊고 의미 있는 관계를 좋아한다. 각자의 즉흥적인 면도 이해한다. INFP 유형은 ENFP 유형이 천진난만하고 해맑고 신나 보인다는 점 외에, 이들에게 우울함이 있다는 사실도 잘 알고 있다. 진심으로 ENFP를 응원하고 위로해주는 INFP에 ENFP 유형은 깊은 위안을 얻는다. 이들은 서로에게 말랑말랑한 쿠션 같은 존재다.

ENFJ ♥ ENFP

ENFJ 유형과 ENFP 유형은 둘 다 사랑 표현의 달인이다. 돌발성이나 충동성이 강한 ENFP 유형의 기복을 잡아주는 차분한 연인이 ENFJ 유형이 될 수 있다. 크고 온순한 인간 레트리버(ENFJ)와 작고 발랄한 포메라니안(ENFP)의 차이랄까. 하지만 J-P의 차이로 그렇게 보일 뿐, 둘 다 많은 부분이 비슷하다.

ENFP ♥ ENFP

ENFP 유형끼리 사귄다면 둘 다 말이 많고 에너지가 넘쳐서, 시끄러운 사이가 될 수도 있고, 친밀한 사이가 될 수도 있다. 말 안 해도 마음이 잘 통하는 사이면서, 서로 기가 빨리는 느낌을 받을 수도 있다. 한편 감수성이 예민해서, 둘 다 감정 포물선의 바닥에 있을 때 서운함을 느끼고 다투는 경우가 생길 수 있다.

SP 기질과 ENFP 유형

ISTP ♥ ENFP

ISTP 유형과 ENFP 유형의 연애는 표현력이 관건이다. ISTP 유형이 아무리 감정적인 표현을 잘해도 표현의 달인인

ENFP는 항상 부족하게 느낄 수밖에 없다. ISTP 유형은 ENFP 유형과 함께 있을 때 더 많이 웃고 더 자주 리액션을 보내도록 한다.

ISFP ♥ ENFP

ISFP 유형과 ENFP 유형은 자신을 세심하게 챙기는 다정한 연인에게 마음이 설렌다. 서로 소소한 부분을 챙겨주고, 아플 때 옆에 있어 주고, 좋아하는 음식이나 소품 등을 기억하고 챙겨주면서 따뜻한 연애를 이어갈 수 있다. 둘 다 강요를 싫어하므로 서로의 사생활을 존중해주는 게 필요하다.

ESTP ♥ ENFP

ESTP 유형은 신나고 재미있게 사는 게 삶의 즐거움 중의 하나라서, ENFP 유형과 연인이 되면 혼이 쏙 빠질 정도로 즐겁게 지낼 수 있다. 하지만 오래 관계가 지속되면 ENFP 유형은 즐거움뿐인 관계에 서서히 실망할 수 있다. ENFP 유형은 배울 점이 많은 상대에게 궁극적으로 끌린다. ESTP 유형은 ENFP 유형의 지적 호기심과 문화 예술적 관심에 대해 이해하면 더욱 좋을 것이다.

ESFP ♥ ENFP

ESFP 유형과 ENFP 유형이 만난다면 친해지는 속도나 감정적 온도도 잘 맞아서 즐겁게 시간을 보내겠지만, 데이트 외에 차분하게 서로의 마음에 힐링을 주는 속 깊은 대화도 많이 할 필요가 있다. ESFP 유형은 ENFP 유형의 정신적 영역을 이해하면 좋다.

SJ 기질과 ENFP 유형

ISTJ ♥ ENFP

수줍은 모범생 같은 ISTJ 유형과 '재기발랄' 큐피드 같은 ENFP 유형은 모든 글자가 반대인 거울형이다. ENFP 유형은 자기 일을 열심히 하는 사람을 좋아하는데, 조용히 할 일을 하는 ISTJ 유형에게서 그런 매력을 느낄 수 있다. ISTJ 유형이 계획을 세우고 세부적인 실천 과제를 하나씩 해결해 나갈 때, ENFP 유형이 다양한 아이디어와 활력으로 ISTJ의 마음을 들뜨게 만든다. 둘은 서로에게 보완적인 단짝 애인이 될 수 있다. 그러나 ISTJ 연인이 지나치게 규칙을 강요할 때 ENFP의 마음이 멀리 떠날 수 있다.

ISFJ ♥ ENFP

ISFJ 유형은 조용한 선비 같은 유형이다. 이들 마음속으로 방랑자 마법사 같은 ENFP 유형이 난입하면 둘은 이방인으로서 폭풍 같은 사랑에 빠질 수도 있다. 물론 이방인을 만난 듯 서로에게 불편함만 느낄 수도 있다. ISFJ는 ENFP의 과도한 정보와 큰 리액션이 귀찮거나 기가 빨린다고 생각할 수도 있다. 반면 ENFP 유형이 가진 긍정적인 에너지에 힘을 얻을 수도 있다.

ESTJ ♥ ENFP

ESTJ 유형은 좋아하는 감정을 숨기지 않고 직설적으로 표현하는 적극적인 유형인데, 그런 직진 스타일의 사랑 방식이 ENFP의 마음과 잘 맞는다. ESTJ 유형의 철두철미함은 ENFP 유형의 몽상적이면서 덜렁거리는 면을 잘 보완해줄 수 있다. ESTJ 유형이 ENFP 유형을 비판하지 않도록 주의하면서 다정하게 대해준다면, 두 연인의 관계는 순조롭게 흘러갈 것이다.

ESFJ ♥ ENFP

ESFJ 유형과 ENFP 유형은 둘 다 칭찬에 능하고, 사교성이 발달한 편이라서 티키타카가 잘 맞는다. 남들 앞에서 서로를 공개적으로 칭찬하고, 힘든 일이 있을 때는 마음을 터놓고 많은 이야기를 나눌 수 있는 연인이다.

ESFJ 유형은 애정의 잔소리를 줄이고, ENFP 유형은 현실적인 ESFJ의 마음을 잡을 수 있는 사회적인 능력(안정성)을 보여주도록 노력하는 것이 바람직한 관계를 만들 것이다.

#ENFP_유형_연애는?

1. 한 사람밖에 모르는 연애. 콩깍지 연애.
2. '입덕부정기'가 없어서 연애를 쉽게 시작하지만, 쉽게 끝내지는 않는다.
3. 자신을 격려하면서 동시에 진정시켜줄 연인이 필요하다.

♥ ENFP 유형과 연애 궁금증① ♥

"ENFP를 짝사랑하고 있어요.
고백하는 게 나을까요?"

친근함이 유달리 두드러지는 이 인간 강아지 '엔뿌삐'에게 고백하고 싶겠지만, 자제하는 것이 좋다.

잘 아는 사이고 이미 친한 사이라면 괜찮을 수도 있는데, 만약 서로 잘 모르는 사이라면 일단 친해지는 것부터 시작해야 한다.

왜냐하면 ENFP 유형은 잘 모르는 사람의 고백을 부담스러워하는 경향이 있기 때문이다. 자기감정에 솔직한 유형이다 보니, 마음을 나눌 기회도 없는 사람에게는 어떻게 반응해야 할지 잘 모르고, 쉽게 애정이 샘솟지도 않는다.

거꾸로 얘기하면, ENFP 유형은 자신이 좋아하는 사람에게만 온 마음을 다 주는 경향도 크다. 이들은 밀당을 좋아하지도 않고, 누군가와 사랑에 빠진 후에는 오로지 그 사람만 바라본다. 이미 누군가에게 마음을 준 후라면 그때는 다른 사람이 고백한다고 해도 쉽게 마음이 열리지 않을 것이다.

♥ ENFP 유형과 연애 궁금증② ♥

"ENFP 연인이 왜 예전보다 말수가 줄고,
텐션도 떨어져 보이는 걸까요?"

ENFP 연인과 오랫동안 연애하면 달뜬 연애에서 벗어나 편안한 일상을 가감 없이 보여준다. 그때 이들은 연애 초기처럼 로맨틱한 모습, 텐션 높은 모습만 보여주지 않는다.

만약 연애하다가 ENFP 연인이 차분해지고, 말이 적어지고, 자연스러운 모습을 가감 없이 보여준다면, 이들의 애정이 더 깊어지고 있는 것이라고 생각해도 좋을 것이다. 신뢰를 가진 상대에게 자신의 약점이나 일상적인 모습을 개방한다. 이때 ENFP 연인이 힘들어 하는 부분에 공감해주거나, 이들의 소심하거나 우울한 모습까지 감싸안는다면 더 깊은 관계로 거듭날 수 있다.

♥ ENFP 유형과 연애 궁금증③ ♥

"다양한 분야에 관심이 많은 ENFP 연인이
나만 바라보도록 만드는 비법이 있나요?"

ENFP 연인을 사귈 때는 이들이 선량하고 무해한 강아지 같다고 생각하고 항상 부둥부둥하며 안아주고, ENFP 연인이 하는 말과 행동에 긍정적인 반응을 보여주는 게 중요하다. ENFP 연인이 신나서 이야기할 때 무안을 주거나 현실적인 잔소리로 대응하면 이들은 마음에 상처를 입고 상대와 거리를 둔다.

오랫동안 사랑을 유지하기 위해서는 연인으로서의 매력뿐 아니라, 자신만의 개인적인 매력을 가꾸는 것도 필요하다. ENFP 유형은 호기심과 예술적인 상상력, 직감과 아이디어로 가득한 유형이다. 연인에게 뭔가 호기심을 가지거나 지속적으로 배울 점을 발견할 때 사랑은 더 깊어지고 오래도록 지속된다.

ENFP 유형과 함께 시간을 보낼 때도 평범한 것보다는 조금은 특별하게 상상력을 발휘해 보는 편이 좋다. 예를 들면 특별한 날에는 코스튬 복장을 해본다든지, 둘이서 연극을 하듯이 대화하면서 책의 한 대목을 연기해보는 것도 괜찮다. 신선한 아이디어로 데이트를 풍요롭게 하고, 의미 있는 대화까지 나눌 수 있다면 ENFP는 연인에게서 헤어 나오기 힘들 것이다.

INTJ

✿ 혼자가 좋은 지적인 선인장 ✿

INTJ_인티제

선인장은 사막의 뜨거운 태양 아래에서도 홀로 청정하다. 가까이 다가서면 작은 가시들이 손끝에 투두둑 박혀서 쉽게 다가서기가 어렵다. 화려한 꽃을 피우진 않지만, 항상 푸르고, 적은 물로도 잘 견딘다. INTJ 유형은 이렇듯 선인장 같아서, 멀리서 보기엔 독특한 식물이지만, 가까이하기엔 가시가 많다. 그래서 이 유형을 '지적인 선인장'이라고 부른다. 이 가시 많은 선인장은 어떻게 사랑에 빠질까?

INTJ 유형은 로맨틱한 사랑과는 좀 거리가 있다. 여기서 '거리가 있다'라고 말하는 이유는 사실 이 유형의 머릿속 세상에는 온갖 종류의 이상적이고 환상적인 사랑에 대한 기대감이 넘치기 때문이다. 이 생각 많은 선인장은 사랑하기보다 사랑을 생각하면서 더 몰입하는 편이다. 이들은 실제 사랑을 시작하면서 현실과 이상의 갭이 크다는 것을 깨닫게 된다. 그래서 상상 속 환상적인 연애를 못 할 바에야 솔로로 지내는 편을 택하기도 한다.

INTJ 유형에게 신(神)은 장단점을 하나씩 주었다. 이 유형의 가장 큰 장점은 지적인 분석력과 탐구 능력이다. 그런데 단점은 사람에게는 그만큼의 관심이 없다는 점이다.

이들에게 가장 잘 발달한 기능은 바로 직관(N) 기능이다. NF(직관+감정) 기질처럼 꿈꾸는 몽상가는 아니지만, 그의 안에도 그만큼의 지적인 몽상들이 존재한다. 끊임없이 가설을 세우고, 가설에 따라 마음속에서 집을 지어보고, 완벽한 '나만의' 건축물을 완성할 때 쾌감을 느낀다. 그런데 인간관계에서는 그만큼의 쾌감을 느끼는 일이 별로 없다.

대신 이 유형은 누군가와 사랑에 빠지면 그 사람에게만 애정을 준다. 결혼해도 배우자에게 충실하다. 성실하고 책임감이 있으며, 가족에게 최선을 다한다. 여기서 '최선'은 INTJ 유형의 한도 내에서의 최선이다. 그래서 이 건조한 선인장은 연애하면서 종종 상대방에게 실망감을 안겨주기도 한다. 이들이 감정적으로 보여주는 최고의 애정 표현이 감성적인 유형에게는 너무 밋밋하게 느껴지기 때문이다.

또 이 유형은 비밀스럽고 개인주의적이다. 사생활 보장의 욕구가 강하다. 아주 친한 상대가 아니면 자신의 속을 내비치지 않는다. 아이러니하게도, 이들의 비밀스러운 모습에 매력을 느껴서 다가서는 이성도 많다.

하지만 이들 중 '금사빠'는 별로 없기 때문에, 이성과 쉽게 친해지지 않는다. 친밀한 관계가 되기까지 시간이 걸린다. 그런데 앞서 말한 대로 상상 속 연애가 워낙 완벽하기 때문에, 마음을 주기 전에 상대방에게서 치명적인 결점을 발견하면 관계를 단절할 수 있다. 이들은 실제 연애보다 상상 속 연애에 더 두근거릴 때도 많다. 혼자서도 아주 행복하기 때문에, 굳이 애인을 만들려고 하지도 않는다.

INTJ 유형은 냉정하고 명료한 편이다. 그리고 고집도 세다. 이런 이유로 겉으로는 순해 보여도 쉽게 흔들리지 않는다. 상대방이 능수능란하게 끌어당겨도 자기 자리를 지킨다.

EX(헤어진 연인)에게도 마찬가지다. 가령 연인과 헤어진 후 다시 만나게 될 기회가 우연히 오더라도, 이미 관심이 없다면 정말 쿨해질 수 있다. 썸을 탈 때도 감정 낭비가 심하다고 생각하면 스스로 정리한다. 특히 상대방이 어장 관리를 하고 있다고 생각하거나, 자기 혼자만의 짝사랑이 길어질 것 같다는 판단이 서면 더 단호해진다. 이들은 상대방의 감정에 따라 흔들리지 않는다.

연인에게 플러팅이나 칭찬을 잘하지 못하는 것도 이 유형의 특징이다. 입에 발린 칭찬을 잘하지 못한다. 곧이곧대로 사실을 말하는 편이다. 이들에겐 연인에게 애교를 보여주는 일은 곤욕일 수도 있다. 감정이 쉽게 널뛰지 않는 INTJ 유형을 설레게 하려면 어떻게 해야 할까?

INTJ 유형을 두근거리게 하려면 삶의 가치에 대한 이들의 관심을 이해해야 한다. SP 기질이 행동에 대한 충동을 느낀다면, INTJ 유형은 발전의 욕구를 느끼며 산다. 지적 발달, 자기 통제력 강화, 의지력 유지, 능력 발휘, 재능 발산, 자질을 높이는 일에 매력을 느낀다. 이들은 상대방의 발전 욕구나 실력을 본다.

INTJ 유형들은 대화 코드가 잘 맞는 사람에게 빠져든다. 지성의 친구, 지적인 자극을 나누는 연인을 원한다. 아무리 좋아하는 상대라도 자신의 취향에 대해 조목조목 잔소리한다면 견디지 못한다. 적당한 거리를 둔 관계를 유지해야 오래도록 연애할 수 있다. 결혼하더라도 가정에 충실하나 개인 시간은 꼭 필요하다. 때로는 서로 사랑하더라도 각자의 방이 필요할 수 있다.

다른 기질과의 관계를 통해 INTJ 유형의 연애를 좀 더 자세히 알아보자.

NT 기질과 INTJ 유형

NT끼리의 연애는 쿨하고 재기 넘칠 수는 있지만, NF끼리 만남처럼 달콤하거나 로맨틱한 분위기를 시종일관 유지하기는 어렵다. 하지만 연애 중에 한눈을 팔지 않고, 연인에게 충실한 점만은 공통적이다.

INTJ ♥ INTJ

INTJ 유형끼리는 잘 지낼 수 있다. 만약 첫눈에 서로 반한다면 숨김없이 직진해서 자신의 마음을 털어놓고 연애에 돌입한다. 시간이 흘러 신뢰가 쌓이면, 서로에게 더 충실하고 서서히 애정 표현력도 좋아진다.

INTP ♥ INTJ

INTJ와 INTP도 서로 생각의 결이 비슷해서 잘 맞는다. 함께 지적인 게임을 즐기고 취미를 공유하며 애정 표현을 하지 않아도 섭섭해하지 않는다. 연애의 속도와 강도를 자연스럽게 맞춰 간다.

ENTP ♥ INTJ

INTJ와 ENTP는 둘 다 두뇌파이면서 특히 직관적인 면이 잘 발달해서, 상상력을 나누는 대화만으로도 온종일 시간을 보낼 수 있을 정도다. 툭 던지는 농담을 오해하는 일도 별로 없고, 서로 블랙 유머를 남발하면서 서로에게 '팩폭'을 하고, 지적 논쟁에 몰입할 수도 있다. 어쩌면, 연인이라기보다는 친구 사이로 더 잘 맞을 수도 있다. 지적인 소통을 나눌 수 있는 유쾌한 사이이다.

ENTJ ♥ INTJ

INTJ와 ENTJ는 둘 다 삶의 목표가 확실하고, 감정적으로 연연하지 않으며, 자기 계발을 중요하게 생각한다. 닮은 점이 많아서, 상대방의 쿨한 면을 오해하지 않고 애정을 잘 발전시켜 나갈 수 있다. INTJ는 자신을 잘 알고 스스로에 대한 자부심이 있는 사람을 보면 존경스럽다고 생각하는데, 대부분의 ENTJ는 자신감이 넘치고 자기 관리의 제왕이다.

NF 기질과 INTJ 유형

NT 기질과 NF 기질은 감정적인 부분을 서로 배려해주기만 한다면, 잘 맞는 짝이고, 서로에게 매력을 느끼는 경우가 많다. 연인으로서 로맨틱한 사랑을 할 수 있다.

INFJ ♥ INTJ

INTJ 유형과 INFJ 유형은 '인간과 친하지 않은 면'(사람과 거리를 두는 면)이 은근히 닮았다. 책을 읽고 자신만의 견해를 정리하고자 하는 욕구도 비슷하다. '렛잇비(Let it be)'라는 마음으로 다가오는 사람을 대하는 INFJ와, 타인을 자기 인생의 게스트(guest)처럼 생각하는 INTJ의 사고방식도 은근히 닮았다. 둘 다 지적인 부분에 몰입하고, 개인주의적인 면에서 서로를 이해한다. 또 이들은 서로 구속하지 않는 연인이기도 하다.

INFP ♥ INTJ

INTJ과 INFP 유형도 좋은 연인 사이가 될 수 있다. 둘 다 정신적인 영역에 투자하는 시간이 많은데, 대화해보면 남들은 이해하지 못하는 부분을 상대방은 이해한다는 점을 알게 된다.

그래서 서로에게 더 관심을 가지게 된다. INTJ는 INFP의 순수함과 사차원적인 상상력을 알아준다. INFP는 INTJ가 감정 표현을 잘하지 못할 뿐이지, 감정이 빈약하지는 않다는 사실을 이해한다.

ENFJ ♥ INTJ

INTJ 유형은 ENFJ 유형과도 잘 맞는 편이다. 서로의 개인적인 영역을 침해하지 않는다면, 정신적인 부분에 대한 이야기를 나누면서 흥미로운 시간을 보낼 수 있다. INTJ 유형은 애교나 플러팅을 좋아하지 않는데, ENFJ 유형은 가장 로맨틱한 언어의 마술사라서 서로에게 적응하는 시간이 좀 필요할 수 있다.

ENFP ♥ INTJ

ENFP 유형은 INTJ 유형과 천상의 궁합을 이루는 경우가 많다. 두 유형이 잘 맞는 이유는 '엥뿌삐'가 '핵인싸'에 친화력이 뛰어나긴 하지만, 단순히 가볍게 남과 어울리는 것을 좋아하기보다는 진지한 일면이 많기 때문이다. ENFP의 친근함과 사교성에는 의도성이 없다. 해맑고 무해하며 자기감정에 솔직한 ENFP와 함께 있으면 INTJ의 마음에도 여유가 생긴다. 예술적이거나 문화적인 기호까지 비슷하다면 서로 급격하게 끌린다. 남과 소통을 좋아하지 않는 INTJ지만 이상하게도 '엥뿌삐' 앞에서는 방어력이 약해진다.

SP 기질과 INTJ 유형

ISTP ♥ INTJ

ISTP와 INTJ 유형의 연애는 쿨한 관계, 서로에게 건설적인 관계로 진행될 수 있다. 두 유형 모두 거침없이 말하는 편이고, 낯간지러운 애정 표현엔 두드러기가 있다. INTJ 유형의 뜬구름 같은 상상력에 가끔 ISTP 유형이 현실적인 지적을 하지만, INTJ 유형은 필요하다면 냉철한 조언을 긍정적으로 받아들인다. 서로에게 자극제가 되고 보완이 되는 관계다.

ISFP ♥ INTJ

INTJ 유형은 SP 기질 중에서 ISFP 유형과 가장 잘 맞는다. INTJ는 ENFP, INFP 유형과 두근거리는 연애를 하는 경우가 많은데, ISFP 유형과도 서로 케미가 좋다고 느낀다. 결정장애가 있는 ISFP 유형에게 단호한 결정력을 보여주는 INTJ 유형은 보완이 되는 연인이다. 서로 개인주의자인 점도 비슷하고,

연락 간격도 묘하게 닮아서 부담을 주지 않고 편하게 지낼 수 있는 관계다. 서로 과한 요청 사항이 없이 자기 자신으로 지내도 괜찮은 연인이다. 이들은 각자 창가에서 햇볕을 쬐는 고양이와 같다.

ESTP ♥ INTJ

INTJ 유형과 ESTP 유형의 연애는 '인싸 VS 아싸', '집콕 인간 VS 야외 파'와의 만남이다. 주말마다 집에서 OTT를 정주행하는 INTJ에게 ESTP가 연락해서 밖으로 끌어낸다. 둘 다 솔직하게 말하고, 감정적으로 매달리지 않는 편이라서 얘기가 잘 통한다고 느낀다. 초반부에는 서로 다른 관심사와 삶의 방식에 신선함을 느껴서 즐겁게 지낼 수 있다. 하지만 이런 자극 위주의 데이트가 반복될수록 INTJ는 자신이 잃어버린 개인 시간에 대해 아쉬움을 가질 수밖에 없다. 이들이 혼자서 편하게 이불 속에서 사색에 빠지도록 숨구멍을 터주는 게 필요하다.

ESFP ♥ INTJ

ESFP 유형과 INTJ 유형은 거울 유형으로, 모든 글자가 반대다. 개성적이며 자신만의 지적인 분위기로 아우라를 뿜어내는 INTJ를 보고 ESFP가 반하는 경우가 많다. INTJ는 ESFP의 탁월한 낙천성과 현실성에서 밝은 빛을 본 듯 마음이 편안해지고, 에너지를 보충 받을 수 있다. 이 경우 서로에게 매력을 느낄 확률도 높지만, 서로를 이해하기 어려울 수도 있다. INTJ의 심오한 학구열에 ESFP가 관심이 없기 때문에 서로 얘기가 잘 통한다는 느낌은 받기 어렵다. 핫한 인플루언서와 재야의 학자가 만나면 이런 관계일까? 어떤 경우든지, 두 연인은 서로에게 신체적으로나 감정적으로 지나치게 의존적이지 않는 게 좋다.

SJ 기질과 INTJ 유형

ISTJ ♥ INTJ

INTJ와 ISTJ 유형은 한 연인에게 충실하고, 진지한 관계를 바라며, 결혼했을 때 누구보다 상대에게 충실하다. 감정보다 이성적인 판단에 따르고, 상대방에게 의존하지 않는다. 단 INTJ 유형은 전통적인 결혼 관계가 불합리하다고 여기고 냉소적인 시각을 고수하지만, ISTJ 유형은 전통을 따르려는 경향이 크다. 특히 INTJ 여성을 배우자로 맞이하려는 ISTJ 남성은 배우자의 독립적인 면을 인정하고 보장해주도록 노력하도록 한다. 또 두 유형 모두 감정적인 표현에 익숙하지 않다. 정서적 친밀감을 쌓을 수 있도록 다양한 데이트를 시도해보면 좋다.

ISFJ ♥ INTJ

INTJ와 ISFJ 유형은 가치의 기준이 서로 다르다. ISFJ 유형은 워라벨(Work-Life Balance), 가족과의 화목한 시간을 가장 중요한 행복의 요소로 뽑는다. 하지만 INTJ 유형에게 행복이란 훨씬 더 자기 개발과 관련이 깊다. 두 연인이 서로 푹 빠져 있을 때라도, ISFJ 유형은 INTJ 유형이 자기 일을 우선시하고 가끔 관계에 무심한 태도를 보일 때마다 마음의 상흔을 입는다. 누가 옳고 그른 문제가 아니라, 서로가 원하는 것이 다를 뿐인데, 상대방을 이해하지 못하면 간극이 점점 깊어질 수도 있다. INTJ는 ISFJ의 섬세한 감정을 이해할 필요가 있고, ISFJ는 INTJ가 나름대로 최선을 다해서 애정을 표현하고 있다는 사실을 받아들일 필요가 있다.

ESTJ ♥ INTJ

ESTJ 유형과 INTJ 유형은 둘 다 단호박에 연애 직진을 고수한다. 또 자기 일을 열심히 하는 유형으로, '일과 사랑' 모두를 가지려고 한다. 상황판단을 할 때 정에 치우치거나 감정적으로 연민을 가지기보다는, 가장 합리적인 방식으로 해결하려고 한다. 두 유형은 실생활에서도 비슷한 점이 많아서, 서로 잘 맞는 연인이 될 수 있다. ESTJ 유형의 보수성과 INTJ 유형의 진보성이 충돌할 우려가 있지만, 상대방이 중요하게 여기는 가치를 비난하지만 않는다면, 서로 발전하는 관계가 될 수 있다.

ESFJ ♥ INTJ

ESFJ와 INTJ 유형은 삶의 지향점도, 문제에 대응하는 방식도 대부분 반대다. 둘 다 상대방에게 강요하지 않는다면 무난한 연애를 할 수 있다. 만약 이들이 결혼한다면 서로 보완하며 혼자보다 더 나은 가정을 꾸밀 수 있지만, 각자 대화의 결이 다르다는 것을 느끼며 살게될 것이다.

#INTJ_유형_연애는?

1. 사랑보다 사색.
2. 책으로 배운 연애가 될 가능성이 높다.
3. 현실 연인은 내 삶의 게스트(guest), 진짜 연인은 꿈속에서만 존재한다.

♥ INTJ 유형과 연애 궁금증① ♥

"INTJ가 나에게 호감이 있다는 사실을 어떻게 알 수 있나요?"

INTJ는 자신의 개인적 시간을 매우 사랑하는 유형이다. 그런 INTJ가 데이트를 계획하고, 먼저 약속을 잡고, 주말에 일부러 시간을 낸다면, 상대방을 사랑하고 있는 게 맞다. 비록 화려한 언변을 구사하지는 않더라도, 단지 시간을 내고 관계에 관심을 들인다는 것만으로도, 이들은 자신의 애정을 표현하고 있다고 봐야 한다. 이들은 호감이 없는 사람에게는 연락도 하지 않고, 만나지도 않는다.

♥ INTJ 유형과 연애 궁금증② ♥

"INTJ도 어장관리를 하나요?"

INTJ 유형이 지적인 매력과 비밀스러운 분위기가 있어서 주변에 남사친이나 여사친이 많을 수 있다. 하지만 이들은 자신이 좋아하는 사람이 아니라면 굳이 관계를 발전시킬 생각을 품지 않는다. 다른 유형에 비해 인간 교류 욕구가 별로 없기 때문이다. 따라서 INTJ 주변에 이성이 많다고 하더라도, INTJ가 그들을 관리할 이유는 없다. 이들은 자기가 해야 할 일, 하고 싶은 일에 시간을 투자하고 관심을 집중한다. 시간을 쓰는 일이 귀찮고 아까워서라도 어장관리를 하지 않을 가능성이 높다.

INTJ 유형과 연애 궁금증③

"INTJ 연인과 격하게 싸웠는데 갑자기 INTJ가 잠수를 탔어요. 무슨 생각을 하는 걸까요?"

INTJ 유형은 판단과 결정이 빠른 편이다. 모든 문제에 진지하게 심사숙고하지만, 일단 결정을 내리고 나면 매우 단호해진다. 만약 둘이 서로 언성을 높이고 싸웠다면, INTJ는 아마 상호 감정이 과열된 상태에서 자신을 보호하기 위해서 잠시 연락을 끊고 잠적할 수도 있다. 밀당을 위해서는 아니다. 그동안 INTJ는 상실감에 빠지기에 앞서, 그동안 두 사람의 관계를 분석하고 있을 것이다. 왜 이렇게 싸움이 일어난 건지, 이 싸움이 앞으로도 계속될 것인지, 노력하면 관계가 바뀔 수 있는지 등등, 다각도로 관계를 살펴볼 것이다. 서로 개선이 될 가능성이 없고, 계속해봤자 서로에게 힘들기만 할 뿐이라고 판단되면, 합리적으로 관계를 정리하려 들것이다. 이들은 관계에 희망이 없는데 자기 자존심을 버리면서까지 상대방에게 매달리는 유형은 아니다.

INTP

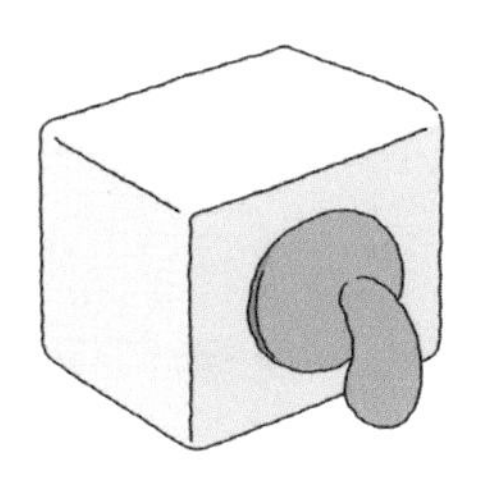

✿ 쿨 & 스파이시 야옹이 ✿

INTP_인팁

INTP가 야옹이라면 어떤 야옹이일까? 사람을 보고 몸을 다리에 비비는 귀여운 고양이를 상상했다면 그건 아니다. INTP 유형은 사람에게 관심이 없는 고양이다. 심지어 사람을 보면 자기 구역으로 느긋하게 걸어 들어가서 다시는 나오지 않는다. 이런 INTP도 사랑에 빠질까?

지하철을 반대로 타고 가면서 계속 딴생각을 하는 사람, 친구들이 떠들고 있을 때 혼자 스마트폰을 보면서 대화에 끼지 않는 사람, INTP는 어떤 연애를 할까? 이들은 유행이나 남들이 좋아하는 연예인, 사회적 이슈에 큰 관심이 없다. 대신 자신이 좋아하는 분야라면 누구보다 많은 것을 알고 있다. 사랑도 호불호의 차이가 크다.

INTP 유형의 본질은 친근한 강아지가 아니라 시크한 고양이다. 고양이가 구석에서 혼자 장난감을 갖고 놀듯이, 이들은 주변에 무심하다. 무심한 정도를 넘어서 아예 다른 인간은 필요로 하지 않는다. 인간이란 수많은 연구 대상 중의 하나에 불과할 뿐이다. 이들은 인간이라는 종족에는 관심이 있지만 개개인의 인간에게는 무심하다.

하지만 인간에게 큰 관심이 없던 INTP도 사랑에 빠지는 순간, 자신이 사랑하는 대상에게 폭풍우처럼 질문을 던지며 관심을 보이기 시작한다. MBTI를 파헤치고, 성격 유형론을 공부하며, '그(그녀)'라는 사람을 연구하기 시작한다. 이들은 연애도 학문처럼 공부한다.

그렇다고 이들이 NF 기질처럼 다정한 말을 5분마다 던질 것이라고는 기대하지 말자. INTP 유형은 감정(F)이 열등 기능이라서, 자신의 마음을 말로 잘 표현하지 못하는 편이다. 안타깝게도, 열여섯 가지 유형 중 INTP 유형이 관계를 정서적으로 이끌어내는 능력이 가장 약하다.

사랑에 빠진 INTP 고양이는 좋아하는 사람에게 걸어가서 다른 고양이들처럼 사람의 손길을 기다린다. 가끔 사회화된 INTP 유형이 감정형(F)처럼 다정하고 세심한 모습을 보이는 경우도 있다. 하지만 그 모습은 사랑에 열정적으로 빠진 모습이라기보다는 타인과 좋은 관계 그 이상도 그 이하도 아니다. 타인과 밥을 먹고 차를 마시는 행동은 사회적 행동이라고 할 수 있지만, INTP 유형이라면 그런 행동만으로도 연애 감정의 신호일 수 있다.

INTP 유형은 연인을 스스로 선택한다. 자신을 좋아하는 사람보다, 자신이 좋아하는 사람과 연인이 된다. 앞서 말했지만, 이 고양이에게 인간은 호불호가 심한 대상이기도 하다.

이들은 대체 어떤 사람과 사랑에 빠지는 걸까? 외모나 분위기 등 개인적인 취향은 분명히 존재하겠지만, 이들에게 공통적인 이상형의 요건은 따로 있다. 그게 무엇일까?

INTP 유형이 연인에게 바라는 자질은 외모나 현실적인 능력보다는, 얼마나 자신과 대화의 '티키타카'가 맞느냐이다.

이 털북숭이 고양이의 사고는 겉으로 보이는 것보다 훨씬 복잡하고 정밀하다. 더구나 이들의 취향은 '마이너'한 경우가 많고, INTP 유형이 좋아하는 분야에 대한 전문성만은 그 누구도 따라올 수 없는 정도다. 이들과 잘못 대화했다가는 어설픈 지식은 논쟁의 대상이 될 뿐이다. INTP 유형과의 대화가 재미있으려면, 그(그녀)의 말에 감탄하거나, 감탄시키거나, 둘 중의 하나다.

한 가지 더 잊으면 안 될 점은 INTP 고양이에게는 끝이 날카로운 이빨과 발톱이 있다는 점이다. 이 유형은 논쟁을 좋아하는데, 그 이유가 싸우기 위해서가 아니라 지식을 제대로 파악하고 싶은 마음 때문이다. "왜?" 라는 질문을 통해 질문이나 문제를 제대로 이해하려고 한다.

그런데 연애에서조차도 이들은 가끔 눈앞의 먹이가 궁금해서 일단 깨물어보곤 한다. 연인이 말 안 해도 자신의 감정을 알아서 짚어주기를 바랄 때도, INTP는 "왜?"라고 진심으로 궁금해한다. 악의 없는 이들의 "왜?" 질문 공격이 연인에게 서운함을 안겨줄 수 있다.

자기 고민 얘기는 잘 안 하는 편이다. 어느 정도 친해져도 깊은 부분까지는 잘 보여주지 않는다. 이 연인과 감정을 깊이 있게 나누려면 오랜 시간이 필요하다.

단 오해는 금물이다. 이 고양이는 자발적 아웃사이더이자 개인주의자다. 냉정한 성격일 뿐, 냉혈한은 아니다. 좋은 점도 있다. 남에게 기대지 않는 사람이라서, 도리어 타인의 영역에도 침범하지 않는다. 이들과는 느슨하고 유유자적한 연애가 가능하다.

또 이들의 생각은 복잡한데 입 밖으로 튀어나오는 표현은 내면을 다 표현할 수 없는 단순한 말뿐이다. 그러므로 이 유형이 뭔가를 말하고 싶어 하는 것 같은데 잘 말을 이어가지 못하더라도 이해심을 가지는 게 필요하다. 때로 흥분해서 하는 말은 핵심이 없이 장황하거나 이해하기 어려울 때도 있다.

그리고 한번 헤어지고 나면 이들은 과거에 미련을 가지지 않는다. 이 고양이는 다시 자신과의 연애에 몰두한다. 이 시크한 녀석은 지나간 연인을 잡지 않는다.

다른 기질과의 관계를 통해 INTP 유형의 연애를 좀 더 자세히 알아보자.

NT 기질과 INTP 유형

NT 기질끼리는 느끼함이 빠진 담백한 관계를 유지한다. 남들이 보면 '싸우는 게 아닐까' 싶을 정도로 논쟁을 즐기는 경우가 많다. 이들에게 논쟁은 정답을 찾아가는 과정이고, 연인은 함께 지적인 즐거움을 찾는 존재다.

INTP ♥ INTP

INTP는 같은 유형끼리 끌리는 경우가 있다. 서로 잘 통하기 때문이다. 두 마리의 '도널드 덕'이 만난 것처럼 이들은 꽥꽥거리며 상대방의 오류를 지적한다. 토론은 이들에게 즐거운 데이트의 한 방식이다. 하지만 두 INTP가 장기적으로 좋은 연인 관계를 유지할 수 있을까에 대한 대답은 미지수다. 왜냐하면 INTP는 타인과의 관계성이 약한 유형이기 때문이다. 쉬운 말로, 이들은 쿨해도 너무 쿨하다!

INTJ ♥ INTP

INTJ와 INTP 유형도 잘 맞는다. 함께 지적인 게임을 즐기고 취미를 공유한다. 현란한 애정 표현을 도리어 불편해하는 점도 비슷하다. 독야청청 INTJ는 모든 유형 중 가장 독립적이다. 사색하는 고양이 INTP는 모든 유형 중 가장 내성적이다. 이들은 서로 개인적인 영역을 존중해주는 연인 사이가 될 것이다.

ENTP ♥ INTP

INTP와 ENTP 유형은 지식 탐구에 대한 욕구가 강해서 지식 교류가 활발한 관계다. 둘 다 즉흥적인 면이 강해서 갑자기 사랑에 빠지는 경우도 있다. 사랑에 빠지면 바로 직진한다. "너 이런 거 알아?"라면서 즐거운 시간을 보낼 것이다. 물론 서로 '팩폭'을 하거나 상대방의 논리 오류를 지적하는 경우도 생긴다. 단지 같은 종족의 느낌이 매우 강해서인지, 연인인지, 친구인지 알 수 없는 묘한 경계선상에 있을 수 있다.

ENTJ ♥ INTP

INTP와 ENTJ도 상호 케미가 좋다. 공통 주제에 대해 대화하다 친해지는 경우가 있다. 둘 다 자기애로 가득 차있어서 상대방 앞에서는 솔직하게 시니컬해져도 괜찮다고 생각한다. 연인끼리 거침없는 대화가 가능하다.

NF 기질과 INTP 유형

INFJ ♥ INTP

직관성이 강한 INFJ와 상상력이 풍부한 INTP는 케미가 좋다. INTP는 감성적이면서도 신비로워 보이는 INFJ에 매력을 느낀다. 하지만 INTP에게 감정이란 서툴고 어렵고 낯설게 느껴지는 존재다. 반대로 INFJ는 감정적으로 완전한 관계에 대한 열망이 있다.

두 유형이 잘 지내려면 INFJ는 지나치게 비이성적이거나 감성적인 이야기는 혼자서 간직하고, INTP는 말 한마디를 할 때도 INFJ를 존중하는 태도로 부드럽게 대하려고 노력할 필요가 있다.

INFP ♥ INTP

INTP와 INFP 유형은 둘 다 자기 세계가 확실하고, 몽상에 잘 빠지는 편이라서 서로 잘 통한다. 이들은 돈이 되지 않아도 하고 싶은 일을 하고, 물 흐르듯이 사는 삶을 추구한다. 하지만 한 번 상처를 받으면 INFP는 부정적인 생각을 계속 확대 해석하는 경향이 있다. 반면 INTP는 상대가 말하지 않으면 타인의 감정을 미리 눈치채기 힘들다. 최악의 경우 INFP의 심장은 찢어질 듯 피가 흐르고 있는데, INTP는 그때까지도 관계가 원만하게 잘 흘러간다고 여긴다. INFP는 서운한 일은 감추지 말고 말하도록 한다.

ENFJ ♥ INTP

ENFJ 유형은 내향적인 INTP 유형이 표현하지 못한 감정을 밖으로 끄집어내고 싶어 한다. 가끔 ENFJ의 행동이 오지랖 넓게 느껴질 수도 있지만, INTP가 보기에도 ENFJ의 다정한 공감력과 표현력은 매력적이다. "이게 뭐지?"라고 ENFJ의 다정한 행동을 지켜보다가 자신도 모르게 빠져드는 경우가 많다. 사실 INTP는 겉보기엔 모든 관계에 무심해 보이지만, 알고 보면 선택과 집중에 능한 스타일이다. 좋아하는 일에 모든 마음을 투자하는 유형이라서 자신과 거의 반대인 ENFJ에 호기심을 가지고 빠져드는 경우가 많다. 다만 감정(F)보다 논리(T)가 우세하다 보니, 공감 보다 분석부터 하려는 경향이 있다. 그래서 (자신이 좋아하는) ENFJ에게 '팩폭'을 날릴 수 있다.

ENFP ♥ INTP

ENFP는 자신과 전혀 다른 사고를 하는 INTP 유형을 보면서 신기하다고 생각한다. 그러다가 대화를 나눈 순간 ENFP는 INTP의 지식적 깊이에 감동한다. INTP 유형은 지적이면서도 잘난 척하지 않는다. 서로 얘기가 잘 통한다고 느낀 순간 이들의 연애는 일사천리로 흘러간다.

주로 적극적인 '올라운더' ENFP가 '은둔자' INTP를 다양한 데이트의 세계로 끌어낸다. ENFP와 INTP가 만나면 둘 다 즉흥적인 면이 강하기 때문에, 정신없는 데이트를 즐기며 흥에 빠질 수 있다. 이때만은 진지하던 INTP도 다른 사람과 처음으로 신나는 경험을 하게 되며, 깊은 대화를 나눌 수 있다.

SP 기질과 INTP 유형

ISTP ♥ INTP

ISTP와 INTP 유형의 연애는 시작이 어렵다. ISTP도 쿨하고 시니컬한 편이라서 자기감정을 잘 표현하지 않는다. 서로 감정을 나누지 않고, 대화가 깊이 있게 흘러가지 않는다. 게다가 ISTP는 INTP의 상상력을 신기해하면서도 감당하기 힘들어 한다. ISTP는 가장 단순하고 효율적으로 사고하는 유형이기 때문이다.

ISFP ♥ INTP

ISFP 유형과도 공통된 관심사가 없다면 힘든 관계가 될 수 있다. ISFP 유형은 대체로 다정한 사람을 좋아하는데 INTP는 애정 표현을 잘하지 못하는 편이다. 또 ISFP는 편안한 일상 대화를 좋아하는데, INTP는 마니아적인 대화를 즐긴다. 포대기에 싸인 새끼 고양이와 야생 고양이의 만남이라서, 어느 순간 새끼 고양이는 이불 속으로 들어가고, 야생 고양이는 넓은 바다로 물고기를 잡으러 떠나고 싶어질 것이다.

ESTP ♥ INTP

ESTP 유형은 종일 지식 추구에 매달리며, 자기가 좋아하는 일만 하려고 하는 이 사색가 고양이의 모습을 보면서 지루하고 현실성 없다고 느낄 가능성이 높다. 하지만 INTP의 지적이면서도 엉뚱하고 사차원적인 면모에 자신도 모르게 빠져들 수도 있다.

ESFP ♥ INTP

INTP가 ESFP를 만나면 처음엔 이들의 끼 많은 모습과 눈부신 감성에 넋을 잃는다. 하지만 INTP 가 이 유형과 장기적인 관계를 유지하는 데는 조금 어려움이 있을 것이다. 왜냐하면 ESFP의 감성+즉흥성+외향성(사교성)이 불러일으키는 발랄하고 혼란한 특성을 좇아가기 어렵기 때문이다.

SJ 기질과 INTP 유형

ISTJ ♥ INTP

INTP와 ISTJ 유형은 '환장' 케미가 될 수 있다. 바른 태도와 안정적인 멘탈을 가진 ISTJ는 자기 눈에는 '난장판'으로 보이는 INTP의 삶을 정리 정돈해주고 싶은 욕구를 느낀다. 하지만 INTP 유형은 다른 사람의 의견에 흔들리지 않는 유형이고, 오래 만나면 만날수록 서로 현실을 바라보는 가치관이 다르다고 느낄 가능성이 높다. 각자가 느끼는 '상식'과 '행복'의 기준이 달라서 갈등이 생길 수 있는 커플이다.

ISFJ ♥ INTP

INTP와 ISFJ 유형도 선호하는 가치관이 달라서 혼란을 겪을 가능성이 높다. INTP가 명료한 의사 표현을 하는 모습이 ISFJ에게는 매정하게 느껴진다. 그런가 하면 ISFJ는 상대방을 끌어안고 토닥이며 돌보고 싶어 하는데, 사람의 손길이 싫은 이 고양이는 펄쩍 뛰며 뒤로 물러난다. INTP 유형에게 감정적으로 배려해주는 건 끌어안고 토닥거리는 게 아니라, 이들의 지식을 존중해주는 것이다. ISFJ 유형에게 감정적으로 필요한 방식은 다정한 말과 배려심이다.

ESTJ ♥ INTP

INTP는 자기 분야에 자신감이 넘치고 일머리가 좋은 ESTJ의 모습에 내적 칭찬을 보낸다. INTP는 자신이 잘 모르는 분야인데 유능한 사람을 좋아하기 때문이다. 두 유형은 대화를 서로 논리적으로 풀어갈 수 있고 INTP의 부족한 현실성을 ESTJ

가 보완해줄 수도 있다. INTP가 좋은 아이디어를 내면, 실행은 ESTJ가 해준다.

ESFJ ♥ INTP

사회성 '만렙'인 조련사 ESFJ의 경우, 사회성 마이너스인 INTP는 돌보고 싶은 대상이다. 하지만 ESFJ의 상냥한 보살핌에 자신도 모르게 끌려간 INTP가 연인이 되더라도 둘의 관계에는 넘어야 할 산이 많다. INTP는 스몰 토크에 취약한데 상대는 잡담도 능력이라고 생각하고, ESFJ에게는 칭찬이 약인데, INTP는 플러팅이나 립 서비스를 못하며, 칭찬에도 인색하기 때문이다.생활력이 강한 ESFJ에 INTP의 몽상 세계는 이해하기 어렵다. 하지만 INTP와 연애를 계속 이어가려면, 이들의 다양한 관심과 호기심을 존중해주는 게 최선이다. 강요는 금물이다. 이들은 청개구리 고양이기도 하다. 강요하면 더 반항적으로 된다.

#INTP_유형_연애는? ♥

1. 선호가 뚜렷한 연애, 내가 좋아하는 사람이 연인.
2. 무조건 직진, 마이웨이 연애.
3. 지식 부심-연애는 어려워, 연애 감정도 분석한다.

♥ INTP 유형과 연애 궁금증① ♥

"INTP가 내 말에 잘 반응해주면
내게 이성적 호감이 있는 게 맞나요?"

말을 잘 들어주고 반응이 좋다면 인간으로서의 호감은 맞다. 하지만 이성적 호감일 때 INTP도 좀 더 대담해진다.

일부러 만나서 같이 시간을 보내려 한다면 그때는 이성적 호감이라도 봐도 좋다. 이성적 호감이 생기면 집요할 정도로 상대방에 대해 알고 싶어 한다. 질문 폭격기가 되기도 한다.

♥ INTP 유형과 연애 궁금증② ♥

"INTP의 애정 표현이 왜 이렇게 오락가락하죠?"

INTP는 좋아하는 사람 앞에서는 수줍어하기도 하지만, 무조건 직진하는 모습을 보이기도 한다. 연인이 되면 SNS 칼답에 적극적으로 먼저 연락을 하고 함께 만나서 시간을 보내기도 하지만, 어느 순간 냉담하고 까칠한 모습을 보일 때도 있다.애정의 유무와 상관없이, 한번 어떤 일에 몰두하면 놀라운 집중력을 발휘하다가 일상적인 일을 잘 까먹는다.

INTP와 온종일 연락이 안 되거나, 문자 확인조차 안 하는 경우도 있을 수 있다. INTP가 말하고 싶어 하지 않을 때 말을 많이 걸지 않는 것도 전략이다. 이들은 매우 내성적인 유형이라서 사람과 많이 접촉하면 에너지가 고갈되는 느낌을 받는다. 스트레스를 받을 때는 아무 말도 건네지 않고 혼자 있도록 해준다. INTP가 혼자 있고 싶어 하는 까칠한 모습을 보인다고 해서, 그게 애정의 적신호는 아니다. 유달리 개인주의적인 성향이 이들의 디폴트 값일 뿐이다.

♥ INTP 유형과 연애 궁금증③ ♥

"INTP는 스킨십을 좋아하나요?"

개인차가 있긴 하지만, 원칙적으로 INTP는 스킨십을 별로 좋아하지 않는다. 신체적 애정 표현 자체를 부담스럽게 생각한다. 친밀한 스킨십에 어색해하고, 심지어는 잠자리에서조차 조금 냉정해 보일 수도 있다.

이 유형에게 접근하고 싶다면, 육체적으로나 정서적으로 접근하는 방식보다는, 이들의 호기심과 지식 욕구를 건드리는 편이 훨씬 쉽다. 관심 분야가 비슷하다면 급격하게 친해질 수 있다. 이들과는 주변 일상에 대한 소소한 토크를 하기보다는, 상상력과 아이디어에 관해 이야기하면 좋다. 이 고양이에게 전하는 마법의 말이 하나 있다. "어떻게 이런 생각을 하지?"라는 감탄이다.

ENTP

✿ 사이다 러브 ✿

ENTP_엔팁

쌉싸름한 아이스 아메리카노와 시원한 사이다 사이, ENTP의 사랑은 그 중간 어디쯤 있다. 한겨울에도 '아아'가 인기 많듯이, 한번 맛을 들이면 그 매력에서 헤어 나오기 힘들다. 그 이유 중 하나는 이들이 탄산이 넘치는 투명한 사이다처럼 솔직하고, 시원한 유형이기 때문이기도 하다.

겉보기엔 망아지 같아서, 연애 중에 어디로 튈지도 모르고, 세상의 이목을 신경 쓰지 않는 '마이웨이'다. 겉보기엔 장난기도 많고 뻔뻔하게 플러팅을 남발하기도 한다. 그래서 이 유형을 보고 '혹시 바람둥이는 아닐까'라고 생각하는 사람도 있을 수 있다. 하지만 결과는 반대다.

ENTP 유형의 연애 스타일은 '방목하는 양치기' 같다. 양을 잘 간수할 줄도 모르고, 적당히 그늘에서 쉬고 있다. 그런 식으로 이 유형은 연애할 때도 상대방을 관리하거나 상대방에게 집착하는 법이 없다. 뼛속까지 NT(직감+논리) 기질이라서 인간관계에 큰 미련이 없다.

ENTP 유형이 바람둥이가 될 가능성이 있을까? 의외로 아니다. 이들은 사람이 아니라 지식에 관심이 많다. 심장보다 두뇌, 감성보다 논리를 선호하는 유형이다. 그래서 뛰어난 말솜씨와 신나는 아이디어로 연인을 즐겁게 할 수는 있지만, 사실 ENTP 유형의 관심은 자신의 개인적인 세계에 좀 더 집중되어 있다. 한마디로 혼자서도 충분히 잘 살 수 있는 스타일이란 소리다.

이들의 매력은 재주일 뿐, 의도적인 노력은 아니다. 이 재기발랄한 유형이 가장 원하는 연애는 함께 소통하며 발전하는 연애고, 이왕이면 각자 잘 사는 연애다.

누군가 자신을 좋아하는 것 같은데, 자기 스타일이 아니라면 무덤덤하고 내색도 안 한다. 때로는 알고도 모른 척하기도 한다. ENTP가 상대방의 감정을 빠르게 눈치챌 때는 자신도 그 사람에게 호감이 있을 때다. 이들은 선택당하는 연애가 아니라 선택하는 연애를 한다. 자신이 좋아하는 사람이 바로 자신의 이상형이다.

'사이다 러브'라는 말에서도 느껴지듯이, ENTP는 솔직하게 연애한다. 상대방이 간을 보는 것을 싫어하듯이, 자신도 솔직하게 개방한다. 사이다처럼 투명하다. 이 유형과 밀당을 하거나 이들의 관심을 끌기 위해 허세를 부리는 일은 무의미하다. 통찰력과 직감력이 좋아서 상대방이 뭘 하는지 바로 알아챈다.

마음에 드는 이성에게 불도저처럼 직진하지만, 가끔 이 사이다 유형의 사랑은 난항을 겪는다. 솔직해도 너무 솔직해서다. 직설적이고, 필터가 없이 말하는 편이며, 말을 빙빙 돌리지 않는다. 그러다 보니 이들의 말에 상처를 입는 사람도 생긴다. 어떤 사람들은 ENTP의 말과 행동이 너무 도전적이고 무례하다고 여길 수도 있다.

또 ENTP가 연애에서 난항을 겪는 이유는 연락 문제 때문이기도 하다. 이들에게 개인 시간은 매우 소중하다. 외향형이면서도 내향적인 측면이 강한 유형이다 보니, 자신이 좋아하는 취미와 취향에 돈과 시간을 많이 투자하는 편이다. 그만큼 다른 사람에게 자신의 소중한 시간을 투자하라면 망설인다. 때로는 연애의 과정이 매우 귀찮아서 연애를 쉽게 시작하지 않을 정도다.

연애하면 누구나 상대방을 알뜰살뜰 챙겨주고, 꽃에 물을 주듯이 관심을 줘야 한다는 사실을 잘 안다. 하지만 이 유형은 직관(N)과 사고(T), 즉흥성(P)의 영향 때문인지, 누군가를 챙겨주거나 보살피는 데 재주가 없다. ENTP의 시간은 외부적 자극이나 타인과의 공감보다 자기 상상력 속에서 흘러간다. 이들은 자기가 좋아하는 일에 몰두하다가 깜빡하고 연락을 까먹는 일이 많다. 메시지를 보고도 그냥 무시하는 경우도 있다.

의외로 게으른 연애를 하는 ENTP와 어떻게 순조롭게 연애를 이어갈 수 있을까?

ENTP는 5분 공부하고 30분 이상 재미있게 떠들 수 있는 유형이다. 말을 매우 잘하는 유형인데, 그만큼 누군가 자기 말에 흥미를 느끼고 반응한다면 더 재미있어한다. 다만 일상 잡담형 토크에는 큰 재미를 못 느낀다. 이 유형은 자신의 공상적이고 기발한 면에 놀라고 격려를 보내는 연인에게서 빠져든다. 이들과 사귈 때는 말을 경청하고 진심으로 공감해줄 필요가 있다.

이들이 지나치게 솔직해서 직설적이고, 연락에 부지런하지 못한 면이 있는 건 맞지만, 그 점을 집요하게 콕 집어서 불평불만을 말할 필요는 없다. 그런다고 ENTP는 바뀌지 않는다. 도리어 잦은 지적질에 진저리를 칠 수도 있다. 그래서 이 유형과 사귀려면 현명한 간섭이 필요하다.

사실 ENTP는 연락을 많이 하거나, 연락에 목을 매는 스타일이 아니다. 연애 초반이라면 모를까 오랜 연인이 된 후라면 특히 그렇다. 그럴 때라도 이들의 진심을 믿고 개인 시간을 존중해주며, 연락을 독촉하지 않는 게 좋다. 대신 이 느긋한 양치기도 상대방의 개인 시간을 존중해줄 테니, 관계에서 서로 여유를 가지는 게 필요하다.

그(그녀)가 영화나 다큐멘터리를 보고, 만화책이나 잡학 서적을 읽고, 게임에 몰두하는 시간에는 마음껏 집중할 수 있도록 배려해주도록 한다. 이 지적인 유형은 창조적으로 될 수 없을 때 스트레스를 받는다. 자신의 호기심을 탐구하는 자유는 이들에게 매우 소중하다. 그동안 연인도 자기 시간을 보내면 된다.

이상적인 연인, 오래 만날 수 있는 연인의 특성은 자신과 같은 자부심과 호기심이다. 의존적이지 않고, 연애에 목매지 않고, 자기 삶을 충실하게 살아나가는 이성에게 이들은 '멋짐' 유전자를 발견한다. 자신의 의견에 반박할 정도로 지적인 면이 있는 연인이라면 더 오래도록 매력을 느낄 것이다. 굳이 학력이 높거나 지식 수준이 높을 필요는 없다. 배우려는 호기심, 발전하려는 노력이면 충분하다.

ENTP 유형은 연인에게 충실하다. 얼핏 보면 장난꾸러기 같지만, 자신이 신뢰하고 사랑하는 사람에게는 진지한 모습을 보여준다. 천연덕스러운 사교성으로 남사친 · 여사친이 많을 수도 있지만, 연인 관계를 복잡하게 끌고 나가지 않는다. 무엇보다 자신을 좋아한다는 이성에게 휘둘리지 않는다.

또 ENTP는 얼리 어답터이자 호기심 덩어리라서, 새로운 체험이나 물건에 항상 열린 마음을 가지고 있다. 연인과도 새로운 음식을 맛보거나 독특한 체험을 하면서 더 친해질 수 있다. 마음껏 창의적인 연애를 즐기도록 한다.

헤어지고 나면 매우 냉정해지고 더 이상 이전 연인에게 연연하지 않는다. 상대방이 감정적으로 매달리는 것도 싫어하고, 자신도 상대방에게 애정을 요구하지 않는다. 헤어진 연인과 회사에서 동료로 지내야만 하는 상황이라면, 태연하게 동료로 대할 수 있을 정도로 감정적으로 깔끔하다.

한 가지 더 비밀을 말해주자면, 이들은 굳이 체면치레를 하려고 하지 않는다. 사랑 표현이 다채로운 편은 아니지만 로맨틱한 애정 표현을 요청하면 얼마든지 수용한다. ENTP 유형에게 하루 열 번씩 애정 표현을 해달라고 요청해보자. 이 유형은 흔쾌히 요구를 이행할 것이다. 이들은 기본적으로 말도 잘하지만 상황 대처력도 좋고, 무엇보다 뻔뻔하고 유쾌하다. 결혼을 해도 크게 간섭하지 않는 유쾌하고 재미있는 배우자가 된다.

다른 기질과의 관계를 통해 ENTP 유형의 연애를 좀 더 자세히 알아보자.

NT 기질과 ENTP 유형

NT 기질끼리는 느끼함 없는 담백한 관계를 유지한다. 티키타카가 잘 유지되는 사이다.

ENTP ♥ ENTP

ENTP 유형끼리 매력을 느낀다면 시원시원하게 소통할 수 있는 대화 방식 때문이다. 이들은 편하게 하고 싶은 말을 하면서 대화의 티키타카를 맞춘다. 신기할 정도로 잘 맞는다는 느낌을 서로 받을 수 있다. 열띤 대화를 나누고 서로의 오류를 지적하는 지적 논쟁을 벌일 수도 있다. 남들이 보기엔 싸우는 것 같은데 둘은 진심으로 재미있게 이야기를 나누는 것뿐이다.

INTP ♥ ENTP

INTP와 ENTP도 비슷한 면이 많아서 즉흥적으로 연애에 돌입할 수 있다. 활발한 ENTP는 지식이 많고 깊은 사고를 하는 INTP를 보면 멋지다고 생각한다. 어리바리한 모습을 보며 귀엽다고 생각해서 일부러 놀리는 일도 있다. 둘 다 게으른 연애 스타일이라서, 누구도 집착하지 않고 각자의 세계를 존중한다. 한 공간에서 각자 할 일을 하더라도 상대방에게 서운한 감정을 품지 않는다.

INTJ ♥ ENTP

INTJ와 ENTP도 잘 어울린다. 조용하고 신중한 INTJ와 활발하고 사교적인 ENTP는 퍼즐의 모서리가 맞듯 들어맞는다. 겉으로 보이는 모습은 달라도, 내면은 직감과 상상력으로 비슷한 꼴이기 때문이다. 연인으로서 친해지기만 한다면 INTJ는 ENTP 앞에서 자신의 시니컬함을 표현하고 블랙 유머를 던질 수도 있다.

ENTJ ♥ ENTP

ENTP와 ENTJ는 따끈따끈한 감성을 나누기는 어려울 수도 있지만, 서로 발전하는 관계가 될 가능성이 높다. 둘 다 자기 분야에서는 자부심이 있고 집중하는 유형이기 때문이다. 느긋하고 충동적으로 사는 ENTP와, 팽팽한 긴장감 속에서 계획을 수행하는 ENTJ는 서로에게 보완적인 존재가 될 수 있다. 단 둘 다 자기애가 높은 편이라서, 상대를 이기려고 하기보다는 상대방의 말에 집중하는 태도가 필요하다.

NF 기질과 ENTP 유형

NT와 NT도 그렇지만, NT와 NF도 잘 맞는 편이다. NF의 공감력과 NT의 박학다식함이 서로 조화를 이룬다.

INFJ ♥ ENTP

INFJ 유형과 ENTP 유형은 가장 잘 맞는 관계로 알려져 있다. 주로 ENTP가 수줍음 많고 차분한 INFJ를 귀엽게 생각하고, 쑥스러워하는 INFJ를 속으로는 사랑스럽다고 생각한다. 놀리면서 관계를 시작하는 경우가 많다. 둘 다 직관(N)이 1차 기능이고, 현실(S)이 열등 기능이라서 뜬구름 같지만 깊은 대화를 나눌 수 있다. 또 ENTP가 빠른 판단력과 과감한 실행력으로 INFJ의 결정장애나 생각의 멀미를 보조해줄 수 있다. 단 INFJ가 인간관계에서 회피적인 성향이 있어서 초기에 친해지는 데는 시간이 필요하다.

INFP ♥ ENTP

ENTP와 INFP 유형도 잘 맞는 편이다. ENTP는 INFP 유형의 긍정적인 리액션에 에너지를 얻는다. 주의할 점은, 처음에는 반박 없이 공감력을 보여주는 INFP의 사랑스러운 모습에 매력을 느꼈다가, 어느 순간 INFP가 쌓아 뒀던 감정을 폭발하는 모습을 볼 때 놀랄 수 있다. INFP는 서운한 말도 잘 안 하는 편이기 때문이다.

ENFJ ♥ ENTP

ENTP 유형과 ENFJ 유형은 둘 다 사교적이고 맘에 드는 상대에게 직진하는 편이라 쉽게 가까워질 수 있다. 하지만 ENFJ는 독점욕이 높은 편이라서, ENFJ가 감정적으로 의존하거나 집착이 많아지면, 독립적인 ENTP 유형이 놀라서 관계를 정리하려고 들 수 있다. ENFJ의 감정적인 면이 강할수록 ENTP가 부담을 느낀다.

ENFP ♥ ENTP

ENFP 유형의 '사랑둥이 강아지' 같은 면을 ENTP 유형이 버거워할 수 있지만 둘의 관계는 좋은 편이다. 둘 다 말하기를 즐기다 보니, 서로 정신없이 대화를 나눈다. ENFP가 '필(feel)'이 충만하고 말이 많으면 ENTP는 다소 지칠 수도 있다. 그러나 둘 다 상상력이 기발하고, 즉흥적인 체험을 즐기기 때문에 즐거운 데이트를 경험할 수 있다.

SP 기질과 ENTP 유형

지적인 면을 선호하는 NT는 일반적으로, 현실적인 S 성향과 대화가 어렵다고 느낀다. 두 기질의 궁합은 몹시 나쁘지도, 아주 좋지도 않다.

ISTP ♥ ENTP

ISTP와 ENTP의 연애는 쉽게 흘러가지 않는다. ISTP는 한 가지에 몰두하는 면이 있기 때문에, 한 번에 여러 가지에 손을 뻗으려 드는 팔방미인형 ENTP가 산만하다고 생각할 수 있다. 또 두 유형 모두 감정 표현에 익숙하지 않은 공통점이 있다. 다행스럽게도 갈등을 감정적으로나 개인적으로 받아들이지 않기 때문에, 문제점을 지적하는 상대방의 태도를 이성적으로 받아들이면서 갈등을 해결할 수 있다. 끊임없이 새로운 아이디어와 계획을 공유하며, 서로 적당하게 방목한다면 오랜 연인 사이가 될 수 있다.

ISFP ♥ ENTP

ISFP와 ENTP는 가벼운 관계에서는 서로 매력을 느끼고 쉽게 달아오를 수 있다. 하지만 오래 만나다 보면 취향 문제로 서로 잘 안 맞는다고 느낄 수 있다. 뭔가 마음에 쌓이면 ISFP는 자신의 서운함을 말하지 않고 잠적해 버리는 경우가 있다. ISFP는 마음이 돌아서기 전에, 배려만 하지 말고 좀 더 솔직하게 자신의 의견을 표현하도록 한다.

ESTP ♥ ENTP

ESTP와의 관계 역시 표면적으로는 잘 맞는 것처럼 보여도 진지한 관계로 가기에는 굴곡이 많다. ESTP는 유머러스해서 재밌고, 사교성이 좋다. 태평스럽고 거리낌이 없는 점, 감정적으로 쿨한 점도 ENTP와 비슷하다. ESTP는 쉽게 친해지는 관계에서 누구보다 마성의 매력을 발휘하는데, ENTP는 쉽게 친해질 수 있지만 오래 남는 사람을 가린다.

ESFP ♥ ENTP

ENTP와 ESFP는 서로 재미있다고 느끼지만, ENTP는 '진정한 파티걸(보이)'이 될 수 없는 유형이다. 남과 잘 놀지만 혼자 즐기는 시간이 꼭 필요하다. 두 유형이 연애를 한다면 놀기 좋은 연인이 될 수 있지만, 깊고 의미 있는 동반자적 관계로 발전하기는 좀 어려울 수 있다.

SJ 기질과 ENTP 유형

NT 기질은 SJ 기질과 묘하게 안 맞는다. SJ는 관계의 안정성을 중요하게 생각하고, NT는 지적인 소통을 중요하게 생각한다. 서로의 욕구를 이해할 필요가 있다. ENTP는 형식을 중요하게 생각하지 않는 편이라서 기념일을 잘 못 챙기는 편이고, 기념일이나 의례를 중요하게 생각하는 SJ기질은 이들이 자신에게 소홀하다고 섭섭해할 수도 있다. 하지만 ENTP는 연인이 원한다면 얼마든지 선물도 하고 기념일도 챙길 수 있다. ENTP 유형을 관통하는 특성 중 하나는 유연성과 상황 대처력이다. 그러니까 이 유형과 연애할 때는 삐치거나 실망하기에 앞서 솔직하게 원하는 것을 해달라고 말하는 자세가 필요하다.

ISTJ ♥ ENTP

ENTP와 ISTJ는 풍운아 방랑자와 공무원의 만남과 같다. ENTP는 동시에 여러 가지 일을 처리한다. 흥미가 없으면 움직이지 않고 지겨운 일은 딱 질색이다. 독창적이지 못하다는 이유로 표준적인 방식을 무시하기도 한다. ISTJ는 모든 면에서 반대다. 서로를 신기하게 볼 수도 있지만, 서로를 이해하지 못해서 경계하며 방어적이 될 수도 있다.

ISFJ ♥ ENTP

ENTP와 ISFJ는 모든 글자가 반대다. ENTP가 옳은 말을 하는 유형이라면 ISFJ는 배려의 말을 중요하게 생각한다. 일상생활 관리 능력이 떨어지는 유형과 세부적인 것을 잘 챙기는 살림꾼 유형으로 갈리기도 한다. 단조로움과 틀을 귀찮게 생각하는 유형과 생활에서 반복적인 부분을 잘 운용하는 유형으로 정반대의 성향을 드러낸다. 그런데 사실 ENTP는 INFJ, ISFJ에 끌리는 경우가 많다. 또 덤벙대는 ENTP의 단점을 사랑스럽게 느끼면서, ISFJ가 잘 챙겨주기도 한다. 이들은 상호 보완적인 공생적 연인이 될 수 있다. 친해지면 ISFJ는 반전 매력을 보여주기도 한다. 단 헌신적인 ISFJ가 연애에만 너무 올인하는 경우 그게 부담으로 느껴질 수 있으니 주의하자.

ESTJ ♥ ENTP

ENTP와 ESTJ는 사랑에 빠지게 되더라도 불꽃을 튀기며 다툴 수 있다. 둘 다 마이웨이고 자기 고집이 세기 때문이다. 마치 로맨스 소설의 남자 주인공과 여자 주인공으로 잘 어울리는 관계기도 하다. 완고한 '남주'면서, 남자답고 고집이 센 ESTJ와 할 말은 다 하는 '여주' ENTP는 소설의 상투적인 주인공이다.

전투하듯 싸우다가 정드는 스타일이라고 할 수 있다. 각자의 일을 존중하고, 상대방이 싫어하는 부분을 건드리지 않고 인정해 준다면, 멋진 연인 사이가 될 수 있다.

ESFJ ♥ ENTP

ESFJ의 경우 ENTP와는 일방적인 관계가 되지 않도록 주의할 필요가 있다. ESFJ는 ISFJ와 함께 봉사와 헌신의 아이콘인데, ENTP에는 굳이 그렇게 희생적으로 나서는 게 관계 개선에 도움이 되지 않는다. ESFJ는 연인이 필요하다고 말하지 않을 때 굳이 무리하지 않고, 자기 자신에게 시간을 할애하도록 한다. 과한 정성을 자제한다. 그래야 이 개인주의적인 유형이 도리어 ESFJ를 존중하게 된다.

#ENTP_유형_연애는?

1. 장난기와 플러팅 사이.
2. 방목하는 연애.
3. 너도 잘사세요, 나도 잘살게요.

ENTP 유형과 연애 궁금증①

"ENTP가 장난을 많이 쳐요.
애정 표현이 맞나요?"

장난, 스킨십, 놀리기, 구박하기, 함께 커피 마시기, 같이 산책하기. 달리기 등등, ENTP가 자신을 사랑하는 게 아닌가 싶은 다양한 신호들이 많다. 그럴 수도 있고 아닐 수도 있다. 여기에서 판별 포인트는 "ENTP가 내게 돈과 시간을 투자하는지?"와 "직접 만나자고 연락이 오는지?"다. ENTP 유형은 좋아하는 사람에게 직진하며, 돈과 시간을 아끼지 않는다. 거꾸로 이야기하면, 자신이 관심이 없다면 어떤 경우에도 무심하다.

ENTP 유형과 연애 궁금증②

"ENTP의 플러팅은 진심인가요,
말장난인가요?"

플러팅을 한다면 그건 상대가 좋기 때문이다. ENTP는 '단순 호의'와 '인간적 호감'과 '이성적 호감'을 구별한다. 단순 호의일 때는 오다가다 얼굴을 보는 사이인데, 사회적인 예의로 잘 대해준다. 하지만 따로 연락하거나 기억하진 않는다. 인간적 호감을 느낄 때는 장난을 치기도 하고 같이 커피를 마시거나 밥을 먹기도 한다. 이것도 상대가 편한 친구처럼 느껴져서일 수 있다. 이성적 호감일 때만 플러팅 한다. 이들은 개인주의와 뻔뻔함과 똘기를 지녔지만, 가짜로 말하는 유형은 아니다. 관심이 없다면 의외로 냉정하고 무심하다.

플러팅은 놀리듯, 상대방에 따라 수위를 조절해가면서 한다. 당하는 것보다 자신이 하는 것을 즐긴다. 단 플러팅을 한다고 해도 썸 정도의 느낌이지, 실제 연애를 하겠다는 실행의 마음을 먹는 것은 또 다른 문제다. 이들은 연애에는 신중한 편이다.

ENTP 유형과 연애 궁금증③

"ENTP가 '괜찮다'라고 해요.
진짜 괜찮은 건가요?"

ENTP는 시원하고 투명한 사이다 같아서 자신의 마음을 숨기거나 돌려 말하지 않는다. 기분이 상할 수도 있는 상황에서 괜찮다고 한다면 마음에 섭섭함을 담아두지 않은 것이다. 이들은 자신감이 넘치는 편이고, 욕망과 본능에 솔직하게 반응하며, 캐릭터가 명확하다. 주변 눈치를 보지 않으니, ENTP의 말을 믿어도 좋다.

ENTJ

✿ 카리스마와 다정함 사이 ✿

ENTJ _엔티제

ENTJ 유형은 시소 같다. 카리스마 넘치는 모습과 다정한 연인의 모습을 교대로 보여준다. 얼핏 보면 뚫고 들어갈 부분이 없는 갑각류처럼 단단해 보인다. 감정적으로도, 일로도 그렇다. 그런데 속살은 매우 부드럽다. 이들은 이런 여린 속살을 자신이 사랑하는 사람에게만 보여준다.

이 유형은 '먼치킨 캐릭터'에 '일잘러(일 잘하는 사람)'로 알려져 있다. 당연히 항상 목적을 정하고 목표를 향해 직진하며, 세부 항목을 자세히 설정해둔다. 내비게이션처럼 최단 경로로 효율적으로 달려가고자 한다. 그래서 이들에게는 휴식 시간이 거의 없다. 휴식도 일로 푸는 이런 유형이 연애를 하면 어떻게 될까? 시간을 초 단위로 생각하는 이 효율적인 유형이 과연 데이트에는 시간을 투자할까?

답은 '예스'다. ENTJ는 소중한 것과 그냥 지나쳐도 되는 것을 항상 구분한다. 시간 배분도 이에 맞춘다. 이 유형이 누군가를 위해 주말을 할애한다면, 선물을 고르기 위해 일부러 쇼핑센터를 돌아다닌다면, 일상적인 잡담을 하면서도 행복해 보인다면, 상대에게 푹 빠져 있다고 봐도 좋다. 이 '일잘러'는 정말 소중한 사람에게만 자신의 빠듯한 시간을 떼어낸다.

ENTJ 유형은 어떤 연인일까? '업무 플래너' 같은 면은 연애에서도 빛을 발한다. 마치 최상의 과제를 제출하는 학생처럼, 연인의 마음을 흡족하게 해주기 위해 노력을 아끼지 않는다. 상대방이 흘리면서 했던 말을 기억하고, 갖고 싶어 했던 물건을 미리 찾아서 준비해둔다. 그럴 때 이들은 때로는 "나 참 잘했지?"라고 칭찬을 바라는 강아지 같기도 하다. 사실 ENTJ 유형은 칭찬에 약하다. 자신에 대한 자부심과 자신감이 넘치는 유형이니만큼, 자기 능력과 노력을 누군가가 알아주고 감탄해주기를 바란다. 어쨌거나 ENTJ는 최고가 되고 싶어 한다. 연인으로서도 말이다.

그렇다고 해서 이들을 아첨주의자나 잔꾀파로 보면 곤란하다. ENTJ는 누구보다 정직한 유형이다. 노력한 만큼 성과를 얻는다는 사실을 언제나 잘 알고 있다. 누군가를 진심으로 좋아하기 때문에 상대방을 위해 물심양면으로 애쓰는 것이다.

한마디로 이 유형은 '지독한' 노력파다. 기본적으로 두뇌가 뛰어난 사람들이 많긴 한데, 이들은 타고난 것 이상으로 노력하는 사람이다. 이 연인을 다른 말로 '똑똑이 스윗남(녀)'이라고 부를 수도 있을 것 같다.

그런데 여기에 반전이 있다. 누군가와 사랑에 빠진다면 이들은 상대방에게도 자신이 노력하는 만큼의 노력을 기대한다.

이 의미는 '내가 준 만큼 너도 내게 뭔가를 줘'라는 식은 아니다. '내가 도와줄 테니 우리 같이 앞으로 전진하자'에 가깝다. 그래서 ENTJ와 사귈 때는 가끔 혹독한 수련을 겪는 듯한 느낌을 받을 수도 있다. '영어를 좀 더 잘하고 싶어'라고 지나가는 말로 했는데, 이들은 벌써 다양한 영어 공부 방법을 조사해서 연인에게 맞는 방식을 추천한다. 그뿐인가? 매일 서로에게 보고하면서 진행 과정을 순차적으로 조직화해서 성과를 내려고 한다. 이쯤 되면 연인이 아니라 트레이너 같기도 하다.

ENTJ는 언제 사랑이 식을까? ENTJ가 관계에서 시들함을 느끼게 되는 이유는 상대방에게서 더 이상 반짝거리는 매력을 느낄 수 없어서다. 발전하지 않고 제자리걸음을 하거나 후퇴하는 연인을 보면 이 유형은 마음이 차갑게 식는다. 사랑이 식어갈 때 이들은 어떤 모습을 보일까? 점점 연락 빈도가 떨어지고,

결국 남은 불씨마저 완전히 꺼져버리면 이별을 선고할 것이다.

ENTJ와 계속 좋은 관계를 유지하는 가장 좋은 방법은 삶에 열정을 가지고 계속 뭔가를 추구하고 노력하는 모습을 보여주는 것이다. ENTJ는 상상을 현실로 옮기고 싶어 하는 유형이다. 생생하게 살아있는 모습을 보여주고, ENTJ가 잘 모르는 분야라고 할지라도 자신만의 능력과 실력을 보여준다면 이들은 상대방을 존중한다.

ENTJ에게 사랑과 존중은 일맥상통한다. 이들이 연인에게 바라는 사랑의 형태는 어쩌면 '파트너십'일 수도 있다. 미래의 비전을 함께 추구할 수 있을 때, 그 세계에 둘이 손잡고 같이 올라갈 수 있을 것 같을 때, 자신이 노력하는 만큼, 상대도 자신을 위해 부단히 노력하는 사람처럼 보일 때, 이 유형은 상대에게 반짝거리는 눈빛을 보낸다.

다른 기질과의 관계를 보면서 ENTJ 유형의 연애를 좀 더 자세히 알아보자.

NT 기질과 ENTJ 유형

NT 기질은 가시 돋친 유머 감각에 특별한 재주가 있다. 고급스러운 유머 감각을 서로 나눌 수 있는 상대가 이들에게는 '쿵짝'이 잘 맞는 관계다. 이 기질은 자신의 성취 수준과 지적 능력에 근접한 파트너를 선호한다. 그런 의미에서 NT 기질과 ENTJ는 '황금 케미' 조합이기도 하다.

ENTJ ♥ ENTJ

ENTJ 유형끼리 연인이 된다면 서로의 재능과 지성을 경쟁하듯이 펼치면서 연애하고, 그런 긴장감 속에서 희열을 느낄 것이다. 이들에게 지적인 격려와 자극은 쾌락의 원천이다.

INTP ♥ ENTJ

INTP와 ENTJ도 잘 맞는다. 둘 다 영리하고, 주관이 뚜렷하고, 마이웨이에, 감정에 연연하지 않기 때문이다. 환장 토론을 하고, 전문 분야에 대해 남들과는 할 수 없는 깊이 있는 대화를 나눌 수 있다. INTP의 지식적 깊이를 현실적으로 활용할 수 있도록 끌어내는 역할을 ENTJ가 해줄 수도 있다.

INTJ ♥ ENTJ

INTJ와 ENTJ도 좋은 관계를 이어간다. ENTJ는 INTJ의 능력을 알아보고, 내성적이고 개인주의적인 면을 사랑스럽게 생각하기도 한다. 닮은 점이 많아서 상대방의 이성적인 면을 차갑다고 생각하지 않고 애정을 잘 발전시켜 나갈 수 있다.

ENTP ♥ ENTJ

ENTJ와 ENTP는 친구 같은 연인이다. 둘 다 강하고 솔직해서 서로 최고로 잘 맞을 수도 있지만, 최악으로 다툴 수도 있다. 상대를 이기려고 하기보다는 상대방의 말에 집중하는 태도가 필요하다.

NF 기질과 ENTJ 유형

N(직감)이 같기 때문에, 두 유형은 서로 대화가 잘 통한다고 느낀다. 하지만 ENTJ는 NT 중에서도 가장 적극적으로 일에 매진하는 편이라서 인간관계를 중요하게 생각하는 NF가 연인을 이해하기 어려울 수도 있다. 일이 먼저인가, 관계가 먼저인가? 에 대한 밸런스의 접점이 필요하다.

혹은 ENTJ의 본질적인 특성이라고 이해하고, NF가 그런 특성마저도 수용한다면 둘 사이의 관계는 평화롭다. 대신 NF와 만나면서, ENTJ가 자기 삶에 좀 더 여유와 감성을 불어넣을 수도 있다.

INFJ ♥ ENTJ

INFJ 유형과 ENTJ 유형은 서로 잘 안 맞는다고 느낄 수 있다. 하지만 충분히 해결할 수 있는 문제다. ENTJ는 INFJ에 지지와 공감을 좀 더 표현해주고, INFJ는 말없이 상심하지 않도록 한다. 좋은 점은 둘 다 발전과 성취 욕구, 자아실현의 욕구가 강하다는 것이다. 더 창조적이 되고, 서로가 더 발전하는 관계가 될 수도 있다.

INFP ♥ ENTJ

ENTJ 유형과 INFP 유형은 특히 잘 맞는다. ENTJ는 INFP를 귀엽고 순하고 사랑스럽다고 느낀다. 대화의 결도 잘 맞는다. INFP는 자신을 확 사로잡는 ENTJ에 의외로 매료되는 경우가 많다.

ENFJ ♥ ENTJ

ENTJ 유형과 ENFJ 유형은 깊은 인간관계에 대한 욕구가 달라서 아쉬움을 느낄 수 있다. 하지만 두 유형 모두 정신적으로 발전하고 싶어 하는 유형이라서, ENFJ가 감정적으로 연인을 독점하려고 하지만 않는다면 좋은 관계를 유지할 수 있다. 또 ENTJ도 상대방을 좋아한다면 자기 F(감정) 기능을 좀 더 활발하게 표현할 필요가 있다.

ENFP ♥ ENTJ

ENFP 유형과도 깊이 있는 대화를 하면서 잘 맞는 편이다. 단지 ENTJ는 은근히 개인주의적인 면이 강하고, ENFP는 은근히 인간관계에서 한계가 없기 때문에, 서로의 영역을 침범하면 갈등이 벌어질 수 있다. 하지만 각자 다르기 때문에, 예측할 수 없는 매력으로 상대방을 사로잡기도 한다.

SP 기질과 ENTJ 유형

ENTJ는 직관을 잘 활용하는 유형이라서, 지나치게 현실적인 SP 기질과는 대화가 잘 안 통한다고 느낄 수 있다. 이 연인관계에서는 처음에는 서로 다른 매력에 매료되었다가도, 나중에는 지루하다고 느낄 수 있다.

ISTP ♥ ENTJ

ISTP와 ENTJ가 연애한다면 ISTP의 전문가적인 면과 ENTJ의 능력 부심에 서로 매력을 느꼈을 가능성이 높다. 둘 다 사고형, 논리형이고 단순하며 밀당을 싫어하는 점도 닮았다. 하지만 ISTP는 보기보다 충동적이고 느긋한데, ENTJ는 보기보다 전략적이고 전투적이다. 어느 순간 서로 삶의 속도가 다르다고 느껴서 상대방에게 실망할 수 있다.

ISFP ♥ ENTJ

ISFP와 ENTJ는 거울형으로, 모든 글자가 반대다. 서로가 상대방에게 없는 점을 가지고 있어서 대립할 수도 있지만, 보완적인 관계가 될 수도 있다. 잘 맞기만 한다면 ISFP는 ENTJ를 통해서 자신이 게을러질 때마다 동기부여를 받을 수 있다. ENTJ는 ISFP를 보면서 삶의 느긋함과 행복감을 누리는 법을 배울 수 있다.

ESTP ♥ ENTJ

ESTP와의 관계는 좋을 수도 있고, 금세 식어버릴 수도 있다. 인생에서 '재미'를 추구하는 ESTP는 겉보기에는 성격 좋고 유쾌한 사람이지만, 사실 보기보다 두뇌파라서 상황 파악을 잘하고 재치가 있다. 둘 다 합리주의자에 차가운 이성을 잘 활용하는 유형이라서, 상대방의 날카로운 재치에 매력을 느낀다. ENTJ는 잡담이나 유희를 항상 삶의 뒤편에 두기 때문에, 충동적인 재미를 추구하는 ESTP로서는 어느 순간부터 ENTJ와의 연애가 지루하게 느껴질 수 있다.

ESFP ♥ ENTJ

ENTJ가 ESFP를 만나도 장기적인 연애를 유지하기가 어렵다. 시간을 보내는 방식이 완전히 다르기 때문이다. ENTJ는 시간이 아까워서 드라마를 보더라도 2배속으로 볼 정도로 자기 시간 관리를 철저하게 하는 사람인데, ESFP가 가장 좋아하는 일이 친구들과 쇼핑하거나 집에서 드라마나 예능을 보는 일이다. ESFP와 ENTJ가 서로 사귄다면 각자가 시간을 보내는 방식에 대해서 잔소리하지 않도록 하고, 상대방이 몰두해 있을 때는 방해하지 않도록 조심하면 좋다.

SJ 기질과 ENTJ 유형

ENTJ는 사회적인 관례를 따르기보다 자신의 직감을 따르려는 유형이다. 공동체적 가치를 중요하게 생각하는 SJ와 상호 이해가 어려울 수 있다.

ISTJ ♥ ENTJ

ENTJ와 ISTJ는 서로 개인적 시간과 공간을 존중하며 각자의 발전을 추구한다. 간섭하지 않고 서로의 능력을 인정하는 관계라면 좋은 커플이 될 수 있다.

ISFJ ♥ ENTJ

ENTJ와 ISFJ는 서로를 각자의 방식으로 챙겨주면서 서로 보완적 관계를 이룰 수 있다. 둘 다 계획적이고 자기 관리를 잘해서 서로를 존중하는 관계다. ISFJ는 생각이 많고, 상대방의 눈치를 보는 편이라, ENTJ에 하고 싶은 말이나 궁금한 점이 있어도 표현하지 않는 경우가 많다. 잘못하면 고구마를 100개쯤 먹은 관계가 될 수도 있다.

ESTJ ♥ ENTJ

ENTJ와 ESTJ는 은근히 잘 맞는다. 서로 솔직하게 자신의 감정을 표현해도 시원시원하게 받아들여서 편한 관계다. 거울로 자기 모습을 보듯이, 말을 안 해도 이해하는 관계랄까? 단 둘 다 전투적인 면이 있어서 서로 주도권을 잡으려고 들면 다툼이 생길 수 있다.

ESFJ ♥ ENTJ

ESFJ는 상냥하고 정이 많으며, 사랑하는 사람과 시시콜콜한 것까지 나누고 싶어 하는데, ENTJ는 일상 대화를 길게 가져가기 싫어하는 유형이다. 게다가 ESFJ는 '오지라퍼'답게 상대방을 챙기는 데 특화가 되어 있는데, ENTJ는 몸이 아파도 잘 모르고 남에게 힘들다고 의존하지 않는 유형이다. 그러다 보니 '내 일은 내가 알아서 할게. 네 일은 네가 알아서 해'라는 ENTJ의 태도가 ESFJ에는 서운하게 느껴질 수 있다.

#ENTJ_유형_연애는?

1. 능력이 곧 매력이다.
2. 내 편에게는 충성.
3. 눈이 높다.

♥ ENTJ 유형과 연애 궁금증① ♥

"ENTJ가 칭찬하는 말이 진짜인가요,
아니면 그저 플러팅인가요?"

ENTJ가 상대방에게 칭찬을 아끼지 않는다면 그 말은 진심일 가능성이 높다. 이들은 접대용 멘트에 능하지도 않고, 말을 돌려서 하지도 않는다. 자신감과 자부심이 넘치기 때문에 굳이 다른 사람 마음에 들기 위해서 말을 꾸미려 하지 않는다. 버터 바른 감언이설은 못한다.

가령 사회화가 잘 된 성숙한 ENTJ라면 상대방의 감정까지 고려하면서 말하겠지만, 그래도 어쨌거나 이들은 솔직하게 말한다. 예를 들어, 선물을 받았을 때도 필요 없는 물건이라면 사실은 좋아하는 건 아니라고 알려준다. 자신이 사랑하고 아끼는 사람에게는 진심을 말한다. 겉으로 좋아하는 척하지 않는다. 과대포장으로 문제를 감추기보다는 거짓없이 의견을 밝히고 해결책을 함께 찾아가려고 한다. 솔직하지 않은 상대는 스쳐 지나가는 상대일 뿐이다.

ENTJ는 재능 부자이고 노력 부자인데 이 유형에게 없는 게 있다. 바로 열등감, 접대용 멘트, 게으름, 돈만 벌면 된다는 생각, 인기가 장땡이라는 생각, 무계획이다.

ENTJ 유형과 연애 궁금증②

"ENTJ가 연애를 안 한다면,
도대체 왜 안 하는 거죠?"

ENTJ가 솔로라면 왜 솔로일까? 연인에 대한 기대치가 높아서일 수도 있다. 마음에 드는 연인이 아니라면 가볍게 연애를 시작하지 않는다. ENTJ는 쉽게 사랑을 시작하는 유형은 아니다. 연인에 대한 이상이 높다 보니, 자신이 어느 정도의 성취를 이루기 전에는 연애는 이르다고 여긴다. 더 완벽한 연인을 만나려면 자신을 채찍질하고 목표를 이루고 과업을 완성해야 한다고 생각한다. 자기 일도 제대로 하지 못하는 '누군가'가 연애에만 '올인'하는 모습을 보면 혀를 찬다. 어떤 의미에서 이들에겐 사랑보다 자기 존재 증명을 제대로 하는 게 우선이다.

대신 연인이 되면 이 유형은 마치 수호 기사처럼 사랑하는 사람을 지켜주고 책임지려고 한다. 충성스럽게 연인을 사랑하고 항상 최고의 연인이 되려고 애쓴다. ENTJ는 일단 자기 사람이라고 생각한 사람은 알게 모르게 잘 챙겨준다. 일에만 쓰던 자기 직감력을 연인에게 사용하며 최대한의 애정을 베푼다. 사랑하는 사람 앞에서는 없던 감정이 생겨나고 풍부해진다.

그럼에도 불구하고, 이들의 마음속에는 합리주의가 깊게 자리 잡고 있어서, 더 이상 가망이 없는 연애라고 생각되면 재빨리 마음을 정리하기도 한다. 마음이 아플 수는 있겠지만 그 방법이 최선의 선택이라면 냉정하게 자신의 선택을 따른다.

♥ ENTJ 유형과 연애 궁금증③ ♥

"ENTJ가 나를 좋아한다는 신호가 뭐죠?"

ENTJ는 마음에 드는 이성을 발견하면 일상 생활에서 자세히 상대방을 관찰한다. 직접적으로 만나자는 메시지를 보내기도 한다. 만나는 자리에서는 질문 폭격기가 되기도 한다. 이들은 자기 일로도 매우 바쁘고 모든 일정이 항상 빡빡하게 짜인 하루를 선호하기 때문에, 일부러 시간을 내서 누군가와 만나고 그의 이야기를 들어보려고 한다면, 그야말로 대단한 관심이라고밖에 볼 수 없다. 보통은 누군가가 마음에 슬쩍 들어와도, '굳이'라고 생각하면서 자기 일에 몰두하곤 하니 말이다.

ENTJ를 좋아한다면 괜히 이 통찰력 있는 유형을 시험해보지 않는 게 좋다. 이들은 직감력과 상황판단력, 유추 능력이 좋다. 그래서 밀당이 잘 안 통한다. 자신감이 넘치기 때문에 삼각관계에 빠져도 당황하지 않는다. 연인과 사랑에 빠져 있다면, 자신을 좋아하는 다른 사람이 있다고 해도 흔들리지 않는다.

연락했을 때 빨리 답하는지가 애정을 판별하는 요소는 될 수 없다. 일에 몰두하다 보면 종종 답을 미루거나, 나중에 한꺼번에 답하는 일도 많다.

연인 이해 프로젝트

그와 그녀의 MBTI가 사랑스러운 다람쥐

1판 1쇄 펴낸 날 2022년 12월 20일

지은이	김소나
그린이	서리
디자인	최한나
펴낸이	박현미
펴낸곳	(주)이북스미디어
출판등록	2022년 4월 25일(제2022-000038호)
주소	서울시 용산구 임정로 11길 4
전화	02-701-5003
팩스	0505-903-5003
전자우편	admin@yibooks.co.kr

ISBN 979-11-979285-3-6 03800